U0530401

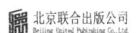

面包树上的女人

张小娴 著

北京联合出版公司

图书在版编目（CIP）数据

面包树上的女人 / 张小娴著. -- 北京 : 北京联合出版公司, 2025.7. --（面包树系列）. -- ISBN 978-7-5596-8489-9

Ⅰ. I247.5

中国国家版本馆CIP数据核字第2025AT0605号

面包树上的女人

作　　者：张小娴
出 品 人：赵红仕
责任编辑：肖　桓
封面设计：吴黛君

北京联合出版公司出版
（北京市西城区德外大街83号楼9层 100088）
北京新华先锋出版科技有限公司发行
三河市中晟雅豪印务有限公司印刷　新华书店经销
字数143千字　787毫米×1092毫米　1/32　9印张
2025年7月第1版　2025年7月第1次印刷
ISBN 978-7-5596-8489-9
定价：39.80元

版权所有，侵权必究
未经书面许可，不得以任何方式转载、复制、翻印本书部分或全部内容。
本书若有质量问题，请与本社图书销售中心联系调换。电话：（010）88876681-8026

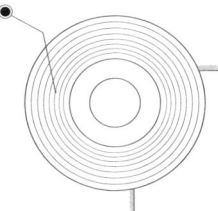

目 录

二〇二五年简体版序言　　I

二〇一九年简体版序言　　VII

二〇一二年简体版序言　　XIII

第一章　那些少年的岁月　001

第二章　恋人的感觉　　　037

第三章　除夕之歌　　　　089

第四章　空中的思念　　　145

第五章　再抱你一次　　　187

那个时候，我没有想过，我是一个既想要面包，
也想要爱情的女人。

我用双手紧紧抱着他,像找到了一个依归。

原来多少往日的温柔也无法弥补一次的伤害。

"我很孤独。"她流着泪说。

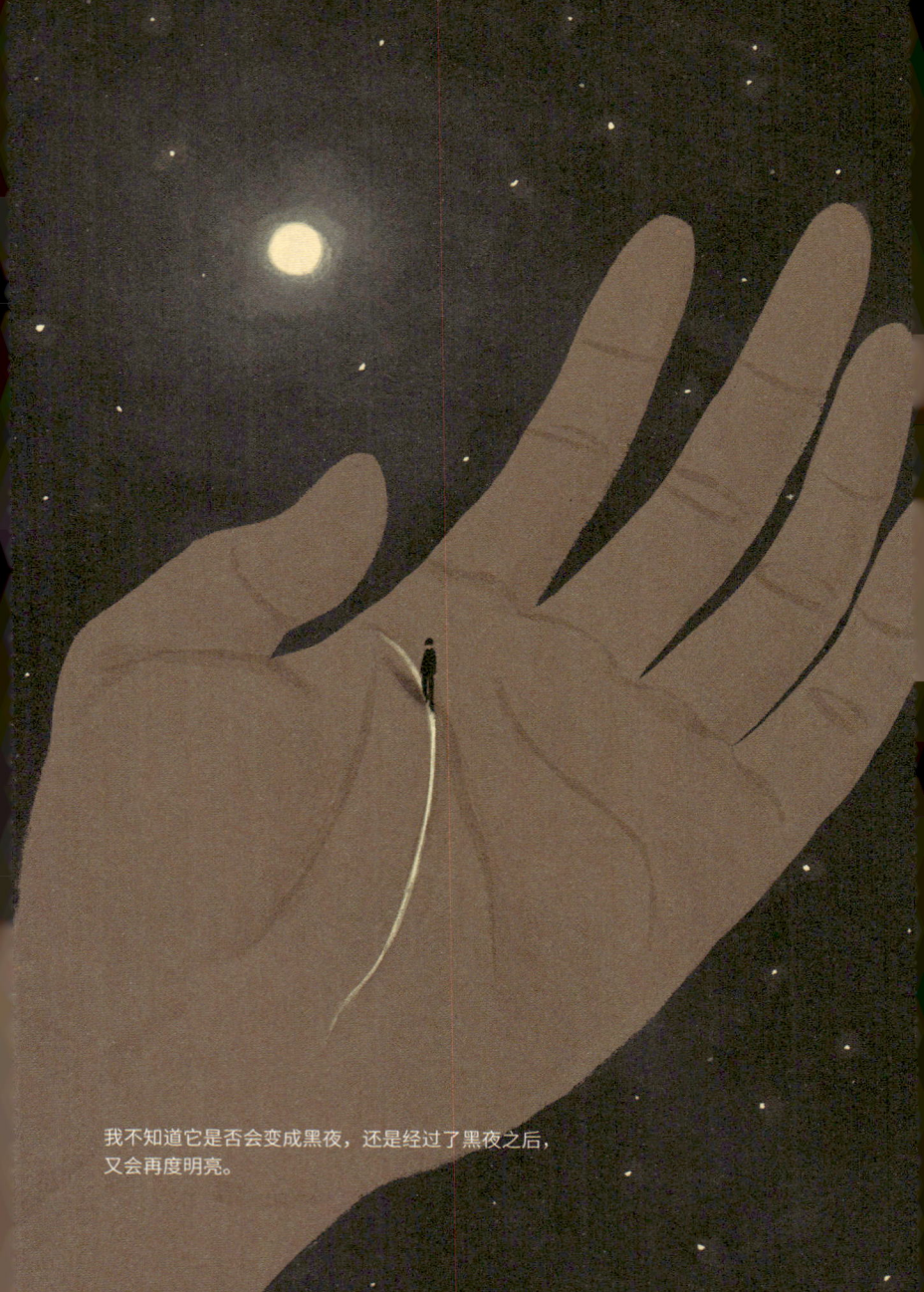

我不知道它是否会变成黑夜,还是经过了黑夜之后,
又会再度明亮。

你会否相信,在那生生死死梦梦醒醒的夜里,
我再不会放下你走了。

二〇二五年简体版序言

写在面包树三十周年

三十年前,你在哪里?一九九四年,我完成了我的第一部长篇小说《面包树上的女人》,该书出版六年后,我写了《面包树出走了》,一年之后,《流浪的面包树》出版。

一转眼,这棵面包树的树龄已经三十年,我心里突然有一种很魔幻的感觉。三十年倏忽过去,往事依稀,如梦如幻如泡影。写这部小说的我,正当青春年少,那时的程韵和林方文也只是刚刚上大学,同样青春年少。面包树没有变老,一代又一代的读者爱上它,甚至有读者特地去斐济寻找它的踪影,有些找到了,有些没找到。程韵和林方文也没有变老,他们永远活在小说里的那个年纪,故事里的人物是不会老的,却也不会变年轻;唯一变老的,只有我。

面包树上的女人

这部小说一开始是在报纸上连载,每天写一篇,一天又一天,很长一段时间,它成了我生活的一部分。它渐渐长大,离开我的手,拥有自己的生命。我希望它永远年轻,也足够年老、粗壮和茂盛去让我们依靠,让我们相信即使世事无常,即使每一场相聚也有曲终人散的一天,爱情依旧是人生最美好的际遇,它永远值得我们去期待和拥抱。

那些跑去斐济和其他热带国家寻找面包树的女孩子,有的找对了,有的找错了。最近有一个女孩子找错了猴面包树,还拍照给我看,兴奋地告诉我,她终于找到面包树。我不忍心告诉她,那不是面包树。

面包树和猴面包树是不一样的。猴面包树可以住人,可以千年,甚至两千年不死。猴面包树是庞然巨物,有些猴面包树比一座房子还要大,它的树洞不是一个让你大声说出心中的秘密的小树洞,而是一家可以招待数十位酒客的小酒吧,你可以走进去喝一个晚上,酒醉后说出那些埋藏在你心里多年的秘密。

拥有一棵猴面包树就等于拥有了食物、水源和房子。一个非洲哈扎的土著男人只要拥有一棵猴面包树就会有女人愿意嫁给他，为他生儿育女，一代一代的人在树洞里过一生。

面包树不是财产，把一棵面包树放在一棵猴面包树旁边，看上去只是一个小不点，这就像两个人的爱情与人世间的千年时光相比，是那么渺小而短暂，只有一瞬间，可我们都曾以为它是永恒。

三十年前的月光和三十年后的月光又怎会一样？即使同一个月光，看月光的人也不一样了。我常常想，程韵为什么始终那么执迷地爱着林方文，为什么明明没有他也可以过得很好却舍不得放下他，为什么爱一个不能给你安全感和承诺的人，为什么苦苦等待一个曾经背叛你的人？

他是她的初恋啊。

林方文是最早住进她心里，也是唯一能够住进她心里最深处的那个人，别无他人。她了解他，也纵容他。她曾如此爱过一个人，其他只是过客。他是她心头最明亮的那颗星星，她无数次想要把它摘下来埋在脚下那片水泥地里，永不再见，却总是摘下来又捡起来放回去，并且每一次也藏得更深。

我们心里不都有过一颗星星吗？有的星星始终遥远，有的星星终归暗淡，却有一颗星星，亮晶晶的，它照亮了你，它在你心里生了根,它刮伤过你,却又成了你的血肉,你终究无法去恨它。

世间所有的痴情都是魔幻的,灯火阑珊,蓦然回首,你也许完全不能理解你为什么曾经如许痴心地爱着一个人,那时候,你无论如何也不愿意清醒,你甘愿戴上手铐和脚镣把自己牢牢地锁在他身上。你希望他变成一棵生了根的树,永远不会走开和倒下。他到底有什么好啊?你微笑摇头,那是你自己都不懂的一场魔幻。

有时候,我们爱的不是那个最合适的人和对我们最好的人,而是那个求而不得的人,是那个他爱我不像我爱他那么多的人。他填补了我心中的残缺,他是我遗失了的那一块拼图,找到他,我才会完整。

每个女人也许都爱过一个林方文,最后终于学会爱自己;然而,这个人在心中、在记忆里是抹不走的,他是你的青春,他是你当时年少的最壮阔的波澜。

一个非洲哈扎的男人在他拥有的那棵猴面包树里度过一生,那是他的家乡,是他的一片天地,他也许会因为他那棵猴面包树比别人的那棵更巨大而感到骄傲,一个女人又要拥有怎样的爱情才会觉得幸福?

每个女人想要的真的是幸福吗?我们渴望不平凡,却终归平凡。一个人穷尽一生去追寻的那个人和那种爱情也许是不存在的。

在世间,找到一个人,此生此世,形影相依,那多好啊,却不是每个人都那么幸运。活在这部小说里的人比较幸运,他们永远在追寻。再过三十年或是五十年,他们的生死、爱恨、苦乐与聚散依旧在上映,永不落幕。

每个读过这部小说的读者都想知道林方文是谁,他们想象林方文是某个著名的填词人,我写的就是那个人。我从来没有回答过这个问题,假如真的有林方文这个人,那么,林方文就是我。

三十年来,许多女孩子写信告诉我,她爱的男人就是林方文。这又是一场魔幻,真的有这个人吗?不但有这个人,而且不是只有一个。

他是那个可以和你共度余生的人吗?他是那个始终和你形影相依的人吗?林方文是不可靠的,你也许终究会放下他。

无论你爱的是谁,爱情有时候只是一个人孤独地追寻。

我们以为自己了解那个我们爱着的人，我们也许只是除他以外最了解他的那个人。

一个人一生中的每一段爱情不过就是写给自己的一封情书。多年以后，有的情书你早已经想不起来自己写过什么，有的情书写得很糟糕，却又无法回去把它狠狠撕碎，唯愿有一封情书值得你一再回味。

程韵和林方文有过很多个美好的除夕，他给她写了除夕之歌。他是她最爱的那一首歌，循环往复，余音不散，唱到她心里去了。爱情是共舞，有时候却也是独舞；是归乡，也是梦乡。

爱是人生最美丽也最哀伤、最真实也最魔幻的风景。曾经那么近，有一刻，却也遥远而荒凉。你会怀念那个曾为一个人甜蜜又苦涩地相信过爱情的你。当你老了，回首如梦，一切仿佛只如初见。无所谓失恋，只有聚散。一旦明白了爱情的聚散，你也就明白了人生中所有的聚散。

张小娴

二〇一九年简体版序言

二十五岁的面包树

据说面包树可以活到一千岁,能够跨过时间的茫茫浩海,比许多王朝活得更久,而我的这棵"面包树"今年刚满二十五岁,跟那些千百岁的同类相比,它就像个不谙世事的,还没开始长高的小孩子。然而,人的二十五岁却正是青春焕发、风华正茂的年纪,写《面包树上的女人》的那个我,正当年轻,没想到,一晃眼就二十五年了。

二十五年如昨,我已不再年轻,"面包树"却好像从来没有变老,它变成舞台剧,又变成电视剧,还有很多人很想把它变成电影。为什么作者老了,故事依然年轻?我着实有点妒忌它,它明明出自我的手,却更经得起岁月的风霜。

那是因为"面包树"的故事也是我们每个人的青春吧?

谁没有在年轻的时候义无反顾地相信爱情，追逐爱情，伤痕累累却不肯放手？谁没有在青春岁月里如此执迷而哀伤地爱着一个人？爱着一个捉不到的人，爱着一个让自己心碎的人。

　　我常常反复自问，林方文有什么好呢？他担不起程韵的那份深情，他不稳定，他不守承诺，他不止一次背叛她，可程韵为什么要死死地爱着他？为什么在痛苦和绝望的时候依然不肯后退，不肯接受那个对她更好的人？哪里会有无路可退的爱情呢？咬着牙转过去，谁说不会有另一片河山？或许，程韵也和我们一样，不是没有退路，只是不想回头，也不肯后退，害怕只要后退一步，只要稍微转身，就会失去那个人。

　　林方文有那么难以放下吗？直到后来，程韵已经说不出他的优点，却数得出他所有的缺点，可她还是爱他。原来，我爱你，终究跟你的好和不好无关，更多是因为无法解释的依恋和需要，也许还有心中的黑暗与残缺。

　　可那时候，我们并没有看到自己心中的黑暗与残缺，我们看到的只有幸福，我们告诉自己，只有和这个人在一起才会圆满，否则就是残缺。青春多好啊，就连无知与痴迷也是那么理直气壮，那一刻，爱情宛如肥皂泡般美丽，使我们一度以为它是永远的，以为它不会面对幻灭的命运。年轻的爱是那么单纯，我们都曾像个孩子那样去爱、去相信，甚至去受伤，毫无保留，完全信任，完全倚赖，从来没想过会失去。

那个简单的程韵，那个简单的你和我，只想和爱的人在一起，以为只要在一起就好，以为这样会幸福到老。可是，有多少爱，又有多少人，可以一直走到最后？

林方文一次又一次伤了程韵的心，她恨他吗？她几乎不恨他，她只恨自己无法不去爱他和想念他。当她知道他在斐济潜水失踪，她甚至祈祷，只要他活着回来，她愿意此生不再爱他，他活着就好。

她一再告诉自己，去爱别人吧，要是能够爱上对你最好的那个人，人生也许会比现在幸福。只是，曾经那么喜欢一个人，也就无法接受自己不够喜欢的人。

为什么不肯放手转身，擦干眼泪，奔向另一片河山？从今以后，自私一些，再自私一些，不要那么爱一个人，让别人来爱你不就好了吗？也不会再受伤了。可偏偏就是害怕一旦转身就会一无所有。

你并非不自由，你只是太痴心了。

痴心是弱点。一往情深，不过是自讨苦吃。可是，人有时候就是喜欢自讨苦吃。

二十五岁的时候，谁都渴望爱情。渴望爱情，就像我们都幻想过出走，幻想过逃离眼下的人生，我们想要和某个人一起过不一样的人生，他会带我们去看最遥远的地平线和最蓝的一片天空。

曾经那么渴望他方，后来才知道，每一条路，原来都是回去的路。

"面包树"里的三个女孩子，在爱情里一次又一次受伤，然后发现，成长才是女人最后的归宿。我们一生都在寻找所谓的归宿，走着走着，哭过痛过，心碎过，跌倒又爬起来，抹干泪水又再前行，才终于知道，归宿不是别人，是你自己。

万水千山，去了又回，跑了一圈，老了一双眼睛，才明白归宿是自己的事。若有下辈子，做一只自由的飞鸟，也许更胜过做一棵千百岁的老树，在那儿孤零零地盼望着风来爱你，盼望着雨水的滋养，盼望着小鸟的栖息。小鸟活不到千百岁又有什么关系？哪里会有永远呢？不过是一次又一次的聚散。

唯一的永远是那些我们喜欢过的故事,它们带着我们逃离现实人生的聚散离合,也逃过了时间的苍茫。有一天,作者和喜欢这部小说的读者都老了,故事的主角,程韵和林方文也依然活在小说里的那个年纪。当你老了,回望年少的那些日子,往事朦胧,但你会怀念那个憧憬爱情的十五岁、二十五岁,甚至三十五岁的自己。

可是,你不会想回到那个年纪,从头活一遍多累啊;但你会微笑回首曾经的深情,回首那个身不由己地渴望爱情的年少的自己。

我们追求永恒的爱情,到头来,姹紫嫣红开遍,似这般都付与断井颓垣,我们苦苦追求的东西从一开始就是不存在的。世间的一切皆无法永远新鲜与年少,爱情又怎会例外呢?又怎会有另一个平行世界可以回到初见的那天?只有当你接受爱情无法永远年少,你才能够接受它的不完美,接受它让你感到失望和挫败的那些时刻,甚至也接受它变老,变得没那么甜。

林方文在书里说:"曾经以为,所有的告别,都是美丽的。

我们相拥着痛哭，我们互相祝福，在人生以后的岁月里，永远彼此怀念，思忆常存。然而，现实的告别，却粗糙许多。"

二十五年了，我终于看出了告别如同转身。这辈子，不过就是一次一次的转身。你希望下一次转身可以洒脱些，甚至能够脸带微笑，坦然接受人生的聚散离别，可是，转身的一刻，你终究没忍住眼泪。

再过二十五年，那时我已经很老了，而面包树只有五十岁，跟它的老祖宗相比，依旧年少，要是到时候我还活着，但愿我能够写一篇五十年纪念的书序。

告别从来不易，重逢也许更需要智慧。爱情并不是人生唯一的追寻，它只是最烂漫却也最伤感的一种追寻；唯愿我们永不告别，有一天，也学会转身。

张小娴

二〇一二年简体版序言

《面包树上的女人》是我第一部小说，十八年了，往事如昨，却也是遥遥远远的昨日，许多感想，真的不知道从何说起。

这个小说一九九四年在香港《明报》每天连载，一九九五年出版成书。六年后，我先后写了《面包树出走了》和《流浪的面包树》两个续篇。这些年来，常常有读者问我，面包树的故事会不会继续写下去？我心中没有答案。

所有的故事，是不是也会有一个终结？一本书最好的结局，往往是在读者心中，而不是在创造它的人那里。写书的时候，我是这部小说的上帝，我创造它，尽我所能赋予它美丽的生命；故事写完了，我便再也不是上帝，我只是个母亲，时候到了就该放手，让这孩子自由飞翔。

面包树是我写于青春的故事，当时的技巧或许比不上现在，心愿却是单纯的，就像每个人最早的爱情，虽然青涩，甚至稚拙，却也是最真切的。它是我第一部小说，或多或少有许多我自己的故事，我无可避免把我认识的人写进书里，不懂得怎样去掩饰和保护他们，也不懂得隐藏些什么。结果，明明是虚构的故事，一旦下笔，却写了很多的自白，既是程韵和林方文的爱恨成长，也是我的成长爱恨。"青马文化"把面包树系列三部小说重新修订，陆续出版，让它再一次面对喜爱它的读者，我也再一次重温林方文和程韵之间那段从青涩走到心痛的爱情，再一次经历程韵对林方文的执迷。她为什么如此爱他？为什么情愿流着泪爱这个人也不能够微笑去接受一个永远守候着她的人？这样的爱情难道不苦吗？可是，爱情岂是可以理喻的？

我总是在想，小说跟人生有什么不同？有些小说比作者短命；另一些小说，却活得比作者长久，甚至活到千百年后，也将会活到永远。人生从来就没有小说那么传奇，那么缱绻悠长。《流浪的面包树》是二〇〇一年出版的，故事里，红歌手葛米儿患上了无药可治的脑癌，她坦然接受事实，坚持要办一场告别演唱会，用歌声告别尘世。那天晚上，唱完最后一首歌，这个虚弱的女孩独个儿回到后台，幽幽地死在化妆室里。这本书出版两年后，香港歌后梅艳芳证实患上了子宫颈癌，她同样举办了一场告别演唱会。演唱会结束没多久，她走了，留下了最后也最使人伤感的歌声。后来才读到这部小说的许多读者纷纷问我，葛米儿的故事是不是就是梅艳芳的故事？怎么可能呢？我不是先知，不会知道两年后发生的事。

若说人生跟小说不一样，小说与人生的巧合有时却会让人吃惊。面包树终归是个虚构的故事，读者却早就把它看成了真实的人生，多少年来，无数读者都问我同一个问题，他们想知道，林方文是不是就是林夕？这几年，又有许多新一辈的读者问我，林方文是不是就是方文山？也许，再过十年或是五十年，当我已经很老了，读者们也许会猜测林方文就是某个他们喜欢的写词人。终于我明白，小说与人生的不同，是人会逐渐老去，小说里的人物却永远还是那个年纪，永远不会老去。这多好啊！都说小说是为人生而写的，它填补了我们每个人的遗憾，圆满了我们的想象。

在面包树的故事里，林方文为程韵写了许多美丽的歌，面包树三部小说也是我用文字谱成的一首长歌,歌唱着灿烂的青春,为世间的相聚而唱,也为那样缠绕执拗的爱情而歌。

就请你把这一篇序当成一首短歌,我不是葛米儿,我没有动人的嗓子,这首歌,是为了新知旧雨而唱,唯愿这一曲永不落幕,就像我们拥有过的所有刻骨铭心的爱情,时日渐远,始终与记忆相伴,不曾老去。每一次回首,还是会心痛。

张小娴

第一章
那些少年的岁月

那个时候，

我没有想过，

我是一个既想要面包，

也想要爱情的女人。

一九八六年，我们保中女子中学的排球队一行八人，由教练老文康率领，到泰国集训。我在芭提雅第一次看到面包树，树高三十多米，会开出雄花和雌花。雌花的形状像一颗圆形的纽扣，它会渐渐长大，最后长成像人头一样大小，外表粗糙，里面塞满了像生面团一样的果肉。将这种果实烤来吃，味道跟烤面包非常相似。那个时候，我没有想过，我是一个既想要面包，也想要爱情的女人。

一九八六年，我读中七（香港学制沿袭英国制度，中学总共有七年级，一至五年级相当于内地的初一到高三，六至七年级则是需要通过会考，即大学预科）。我和朱迪之、沈光蕙是在中二那一年加入排球队的，我们迷死了球队那套红白相间的制服！而且五十岁的老文康教练在学校非常有势力，他喜欢挑选样貌姣好的女孩加入排球队。当时能够成为排球队队员，是一份荣誉。

跟我们同时加入球队的，有韦丽丽、乐姬、宋小绵、叶青荷和刘欣平。韦丽丽是一个例外——她长得不漂亮，健硕黝黑，头发干硬且浓密卷曲，活脱儿一块茶饼。中二那年她的身高已经五英尺七英寸[1]，后来更是长到五英尺十一英寸，她那两条腿，粗壮得像两条象腿。她是天生的球员，老文康找不到拒绝她的理由。

乐姬是校花。她的确美得令人目眩，尤其穿起排球裤，那两条粉雕玉琢的美腿，真教人嫉妒！也许因此，她对人很冷漠。

我叫程韵。

在保中七年，我们没见过什么好男人。连最需要体力的排球队教练，都已经五十岁，其他男教师，更是不堪入目。

朱迪之比我早熟。她喜欢学校泳池新来的救生员邓初发，他有八块腹肌和一身古铜色皮肤，二十岁，听说来自南丫岛。

为了亲近他，迪之天天放学后都拉着我陪她去游泳。

为了吸引邓初发的注意力，迪之买了一件非常暴露的泳衣。穿上那件泳衣，会让人看到乳沟——如果主人的胸部丰

---

[1] 1 英尺等于 0.3048 米，1 英寸等于 2.54 厘米。

满的话。可惜,读中二的迪之,才十四岁,还未发育,穿上那件泳衣后,我只看到她胸前的一排肋骨。那个时候,我们几个女孩都是平胸,除了韦丽丽。她发育得早,身高五英尺七英寸,曲线也比较突出,她又不穿胸罩,打球的时候,一双乳房晃动得很厉害。我猜想她不太喜欢自己的乳房,所以常常驼背。我和迪之、光蕙、小绵、青荷、欣平私底下讨论过一次,我们不希望乳房太大,那会妨碍我们打球。

到了冬天,学校泳池暂时关闭,邓初发放寒假。我不用再陪迪之在乍暖还寒的十月底游泳,暗暗叫好。迪之虽然有点失落,却很快复原。少女的暗恋,可以是很漫长的。

那个冬天,发生了一件大事。宋小绵在上英文课时,第一次月经来了。她把浅蓝色的校服弄得一片血红,尴尬得大哭起来。她们说,她第一次就来这么多,有点不正常。第一次通常只来很少量。这件事很快传开,小绵尴尬得两天没有上学。

"我希望我的月经不要那么快来。每个月有几天都要在两腿之间夹着一块东西,很麻烦!"我说。

"听说月经来了,就开始发育。"迪之倒是渴望这一天,一旦发育，她便名正言顺谈恋爱。

终于，来了！

迪之在上历史课的时候，发觉自己的第一次月事来了，乍惊还喜地告诉我。当天正是星期三，放学后要到排球队练习，迪之到总务处借了卫生棉，又大又厚，非常不自在。我暗自庆幸自己的麻烦还没有到，怎知在更衣室沐浴时，我的第一次月事也来了。

"程韵来月经啦！"迪之在更衣室里高呼。我难堪死了！迪之常常说，我们是在同一天成为女人的。也许是这个缘故，后来我们曾经误解对方，也能够和好如初。

我和迪之住在同一条街，父母都不太理我们。月事第一次来的晚上，我们一起去买生平第一包卫生棉。那时是一九八一年，超市不及现在普遍，买卫生棉要到药房。药房里都是男人，有些女人很大方地叫出卫生棉的品牌，但我鼓不起勇气向一个男人要卫生棉，迪之也是。那天晚上，我们在药房附近徘徊了两个多小时，药房差不多要打烊了，我们才硬着头皮进去买卫生棉。由于"飘然"卫生棉的电视广告打得最凶，我们选了"飘然"。后来，又轮到沈光蕙。到暑假前，青荷、欣平、乐姬都有月事了。这时，韦丽丽才告诉我们：

"我小学六年级已来了！"

我们目瞪口呆，小学六年级就来？真是难以想象！

听说现在的女孩子，六年级来月经并不稀奇。有些女孩十二岁已经有性生活。我们十四岁才有月经的这一代，也许因此比她们保守，仍然执迷于与爱并存的性。

后来，我和迪之都有勇气自己去买卫生棉了。许多许多年后，迪之还可以叫男朋友去替她买卫生棉。但，我不会。我看不起肯替我买卫生棉的男人。

朱迪之说得对，女孩子的第一次月事来了，身体便开始发育。每次练习结束后，我们躲在体育馆的更衣室里，讨论大家的发育情况。

"我将来一定是平胸，我妈也是平胸。"小绵有点无奈。

"我喜欢平胸！平胸有性格，穿衣服好看。"青荷说。

青荷是富家女，住在跑马地，父亲是建筑商。她家有两层楼，单单是那个偌大的阳台，也比我们的体育馆大。她是家中幺女，两个姊姊在美国读书，父母最疼她。我们参观过她的衣柜，衣服多得不得了，全是连卡佛的（是一九八一年的连卡佛)。如果拥有这几个衣柜的衣服,我也愿意平胸。

"平胸有什么好?"沈光蕙揶揄她。

光蕙对青荷一直有点嫉妒。青荷家里的女佣每天中午由司机驾着酒红色奔驰送午饭来给青荷,我和迪之常常老实不客气要吃青荷的午餐,只有光蕙从来不吃。

刘欣平家里也有女佣,但气派就不及青荷了。欣平的母亲余惠珠是学校的中文老师,父亲是政府医院的医生,家住天后庙道。

那时候,我不知道,我们虽然是好同学,却有很大的距离。光蕙不喜欢青荷,也许是她对这种距离,比我敏感。数年前,有一个男人追求她,人不错,她就是不喜欢。后来我才知道,他住在屯门。对她来说,嫁去屯门太不光彩,最低限度,也要嫁入跑马地。

宋小绵长得比较瘦小,八百多度近视,除了打排球时显得非常勇猛,其余时间都很斯文。

她父母在香港岛西营盘经营一家云吞面店。

小绵的父母都很沉默,尤其她母亲,是个骨子很干净的女人。她很会为儿女安排生活和朋友。我看得出她最喜欢小绵跟青荷和欣平来往,她很想把自己的女儿推向上层社会。

韦丽丽住在铜锣湾,我去过她家许多次。一次,她母亲刚好回来,我简直不敢相信那是她母亲。韦丽丽的母亲长得年轻漂亮,衣着摩登,有一头浓密的鬈发,丽丽的头发也是遗传自她,但丽丽的像一块茶饼,她却像芭比娃娃。她和丽丽同样拥有高挑身段,笑容灿烂迷人。

我从来没有见过丽丽的父亲。怎么说呢?她的家,当时是连一点男人的痕迹都没有的。没有父母的合照,没有全家福,没有男人拖鞋。浴室里,也没有属于男人的东西。

夏天来了,泳池开放,邓初发也回来了。朱迪之再次穿起那件性感的泳衣,已经不是露出一排肋骨,而是深陷的乳沟。

我不明白迪之为什么会看上邓初发,他不过泳技很出色而已,而且据说是两届渡海游泳冠军。

"他的蝶式游得很好。"迪之说。

"喜欢一个男人,就因为他的蝶式游得好吗?"我惊叹。

"就是这么简单,爱情何须太复杂呢?"迪之说。

"我认为爱情应该是一件很复杂的事。"我说。

"程韵,你将来要爱上什么男人?"迪之问我。

"我不知道,总之不是一个只是蝶式游得好的男人,也不是去参加渡海泳赛,跟垃圾和粪便一起游泳的傻瓜。"

"说起渡海泳赛,我知道邓初发打算参加下个月举行的那场。"迪之说,"我准备跟他一起参加,这是一个接近他的好机会。"

"二十五米你都力有不逮,还敢参加渡海泳?"

"我已经决定了!我们一起参加。"

"我才不要!要渡海,我不会坐渡海小轮吗?"

"那我自己去!"

朱迪之果然说服邓初发带她去参加渡海泳。

比赛在浅水湾举行,真的有许多傻瓜参加。迪之跟在邓初发后面,不时向我们招手,还借故拉着邓初发的手。

比赛开始,邓初发首先带出,迪之努力前进,我们高声为她打气。想不到迪之为了一个男人,可以置生死于度外。海里的人太多,大家又戴着同一款式的泳帽,迪之的踪影很快便不见了。 海里突然有人呼救，救生艇上的救生员立即跳进水里救起一个女孩子，好像是迪之。

被救起来的女孩子真是迪之，她不是遇溺，她是给一只大水母螫伤了整个臀部。 她被救生员送上岸时，趴伏在担架上，痛苦地哭叫。

邓初发仍在海里。 迪之被送去医院，医生替她涂了药膏，说没有大碍。 她要伏在病床上跟我们说话。

"你这次真的是为爱情牺牲。"我说。

"邓初发也不见得喜欢你，我看你别再一厢情愿了。"光蕙劝她。

"我的屁股会不会有疤痕？"她忧心。

"邓初发不会介意吧？"我揶揄她。

"朱迪之，你没事吧！"邓初发捧着奖杯冲入病房，他看来很着急。

"我伤得很重。"迪之装出一副痛苦的表情，没想到她演技精湛。

"我来背你。"邓初发把奖杯交给迪之。

"你拿了冠军？"迪之问他。

邓初发点头："送给你。"

迪之伏在邓初发背上，温柔地说："谢谢你。"

迪之和邓初发就这样相恋，二十一岁的邓初发，原来也是初恋，恋爱在保中女中，是一项禁忌。训导主任王燕是一个脸上有胡子的中年女人，三十六岁还未嫁，她对于中学生谈恋爱深恶痛绝。每天放学的时候，她会站在学校大门处监视，不准男孩子来接女生放学。

如果她知道邓初发和保中的女生谈恋爱，一定毫不犹豫立即把他开除，并肯定会在朝会时向全校公告这件事，痛心疾首、义正词严地告诉我们，恋爱是洪水猛兽。再以她个人为例，她就是一直放弃许多恋爱机会，才有今天的成就。我们一直怀疑，这些机会是否曾经出现。

这件事也不能让教练老文康知道，他一直细心挑选学校里最出色的女生加入排球队。她们样貌姣好，成绩中上，冰清玉洁，如果有一个队员，十四岁开始谈恋爱，而且是跟学校泳池的年轻救生员恋爱，他肯定会大发雷霆。保中女排，是他的。

我一直也觉得，迪之不像保中女生，她完全不是那种气质的人。保中女生忠心、勤奋、合群、听话、任由摆布，是很好的追随者，绝不是领导人。迪之有主见，不甘被摆布，也不肯追随。当然，我也不像保中学生，我不合群，也不肯乖乖听话，老文康曾说："程韵，我真不知道将来有什么工作适合你！"

后来，我才知道，是恋爱。

邓初发把迪之霸占了，从前是我和迪之、光蕙三人行，如今只剩下我和光蕙两个人，一个海滩或一个泳池，才有一个救生员，她一个人便等于一个海滩。

我不是看不起邓初发，只是我常常觉得，一个男人，选择去做救生员，是否比较懒惰呢？

"他不过暂时做救生员。"迪之说，"他最大的理想是加入香港游泳代表队，参加奥运。"

"参加奥运？他二十一岁，是不是老了一点？"我说。

我不是故意瞧不起邓初发，那时，我也不可能理解，一个男人总会为自己的不济找出许多借口，我只是觉得，他霸占了我的迪之，所以不喜欢他。

几个月后的一天，迪之兴高采烈地跑来告诉我："邓初发不做救生员了!"

邓初发有一个朋友在湾仔开了一家体育用品公司,找他到店里帮忙。

"好呀!以后买运动鞋有半价。"我说。

暑假后,邓初发离开保中。我们买运动衣和运动鞋,果然也有半价优待。星期天不用上课,迪之会到店里帮忙,俨然是老板娘。

那时,我以为她会一直跟邓初发在一起,他们看起来很幸福。后来,我才知道,迪之不是一个想安定的女人,幸福不是她追求的目标,也许当时连她自己都不知道。

中五和预科的那批球员,相继因为升学离开,老文康决定集中训练我们。当然,我们也知道,老文康所谓的训练,不会十分严格,他自己都五十三岁了,才没有那么多精力训练我们。集中训练的意思,是学期结束前,在我们当中挑选正、副两位队长。

能当上保中女排队长,自然成为学校的风云人物。

在我们这批人之中,以韦丽丽的球技最好,但韦丽丽肯定不会被选为队长，因为她长得不漂亮。

剩下来的，只有我、迪之、光蕙、青荷、乐姬。乐姬的技术，在这两年间进步了很多，而且她长得这么漂亮，我们都担心她会当选。她这种女人，一旦让她做了皇后，她便会排除异己。最想当选的，是光蕙，她时常希望能用一些事情证明自己，尤其向叶青荷证明。

那一年，中国女排拿了世界杯女排冠军，香港掀起一片女排热。我们都各有偶像，韦丽丽的偶像是郎平。我和迪之、光蕙的偶像是周晓兰，她是最漂亮的一个。那时，我已经明白，作为一个女人，你最好很出色，或者很漂亮。

中五这个学期开始后的第一次排球队练习，老文康向大家宣布他已决定由沈光蕙和我出任正、副队长。迪之、小绵、青荷、欣平、丽丽都热烈鼓掌，我注意到乐姬眼里充满妒意。她自认为这么漂亮，不应该失去任何东西。

老文康选光蕙的原因，我很明白。光蕙的球技不是最好，也不是最差。她这个人比较有组织能力，比较理智。但，我猜最重要的是，老文康喜欢光蕙这种类型的女孩子。她并非很漂亮，却是娴淑的小家碧玉，脸蛋圆嘟嘟，腰肢也浑圆，像个听话的小媳妇。

老文康的小儿子和我们差不多年纪，他常常想找个小媳妇。我们常常这样取笑光蕙。光蕙也喜欢老文康，她最崇拜他。

至于我，我不崇拜老文康，也不听话。老文康选我，是某种程度的修理。

会考到了，我们应付得很轻松，还可以每星期回去练习一次排球。

放榜那天，成绩最好的，是青荷，她拿了七个A，我也有四个A。老文康请我们吃了一顿潮州菜做奖励，那时，我觉得他很疼我们。直至中七，我才发现他并非我想象的那样。

预科第二年上学期的一个下午，我本来约好光蕙一起去找老文康商谈定做排球队制服的事，我临时找不到光蕙，唯有先去找老文康。我敲门敲了很久也没有人应门，我以为他不在，掉头走了一段路，回头竟看见光蕙从他的房间里出来。光蕙和我在走廊上看见对方，她没有跟我说话，从另一边离开。我把这件事告诉迪之。

"你是说教练他——不会吧！他都五十五岁了！而且，他那么正直。"迪之说。

"我也这样想，也许光蕙有心事要向老文康倾诉吧！她一向崇拜他。"我说。

这件事我并没有放在心上，光蕙也若无其事地跟我们一起玩。一个月后的一天晚上，我们相约在湾仔一家酒吧喝咖啡，光蕙也来了。

"老文康喜欢我。"光蕙告诉我们。

"我知道！他很疼你。"我说。

"不！不是这样。他……他喜欢我，我也喜欢他，但不是男女之情那么世俗，是爱情，是一种升华了的爱情，他爱我，我也爱他。"光蕙甜蜜地说。

我和迪之都吓呆了。

"你跟老文康搞师生恋？"我有点难以置信。

"可以这样说。"光蕙说。

"但老文康已经五十五岁了，你……你才十九岁，他比你大三十六岁！他可以当你爷爷！"迪之说。

"年龄不是问题。"光蕙说。

"你怎知道他爱你？"我说。

光蕙说："你们要发誓不告诉别人。他吻了我。那天，在他的办公室里，他说，我不久便要离开保中了，他想吻我一下，我点头，我以为他会吻我的额头，但他吻我的嘴唇，接着，他吻我的胸部。"

"什么？你和他做这种事？"迪之吃惊地望着光蕙。

"什么这种事，我们没有做过什么。"光蕙说。

"还说没有什么？你们接吻！"我说。

"你们接着又怎样？"迪之问她。

"他脱去我的校服，抱着我很久。"光蕙说。

我真的很吃惊，那时的我，天真地以为男女之情就只是手牵手那么单纯。

"迪之，我想问你，一个男人是不是喜欢一个女人才会吻她？"光蕙问迪之。

"应该是的。但，光蕙，你和老文康是不正常的。我真是不敢相信，他会跟你做这种事，你是他的学生呀！他最小的儿子年纪也比你大。"

光蕙说："迪之，爱不是这样的，我不计较他的年龄和背景，我觉得我和他之间，像父亲和女儿，他吻我，也是像父亲吻女儿。"

"父亲怎会吻女儿的胸部！"迪之说。

"所以我和他的爱情，像父女，也像男女。"

"怪不得那天我看见你从他的房间走出来。"我说。

"你们要发誓，不告诉任何一个人。"光蕙说。

当时的我，也不知道那是不是爱情。迪之会比我清楚，她和邓初发在一起五年了，光蕙把事情说出来，是想听听迪之的看法。

那一夜，我们喝咖啡直到凌晨，光蕙比吃了蜜糖还要甜，她觉得自己正开始一场惊天动地的恋爱。

当老文康再次在我们面前，义正词严、痛心疾首地批评如今的学生不懂得尊师重道，我有点鄙视他，由他来说"尊师重道"？

我和迪之的看法一致，老文康和光蕙之间，绝对不是什么父女之爱、师生之恋，而是男女之情。

一天，我和迪之一起下课，迪之对我说："我问过邓初发，他说一个男人吻一个女孩子的胸部，绝对不会没有企图。"

"什么？你把事情告诉邓初发？你答应过光蕙不告诉任何人的。"

"怕什么！邓初发又不是外人，况且他也不会告诉任何人。"

"那你该告诉光蕙，别再跟老文康继续下去。"

"程韵，你到底懂不懂？一个女人决定要爱一个男人的话，谁也没法拦住她！"迪之说。

"这就是爱情？"我说。

"直到目前为止，我比你了解爱情。"

是的，那时的我，凭什么跟迪之争论爱情呢？她有五年恋爱经验，而我，什么都没有。对于爱情，我只有幻想，而且因为看小说看得多，以为爱情都是冰清玉洁的。

"对于男女之间的事，直至目前为止，我都比你清楚。"迪之接着说。她脸上露出一种骄傲的神色，示意我不必跟她争辩。

这却令我狐疑："什么男女之间的事？你跟邓初发……"

迪之尴尬地回答我："没什么，别乱猜！"

很惭愧，那时的我，以为男人和女人恋爱，是不会跑到床上去的。我在当时也告诉自己,光蕙的想法也许是对的,她和老文康的爱情,超脱、浪漫而痛苦。一个垂暮之年的男人,爱上一个如花朵盛开的少女,是一个悲伤的故事。世上并非只有一种爱情。

迪之跟邓初发是一对令人艳羡的小情侣,而光蕙和老文康的秘密,不为人知;剩下我,可以全心全意应付大学考试。大学考试结束以后,我们便可能各奔东西。光蕙最舍不得老文康,基于这个缘故,她向大家提议举行最后一次集训。

青荷、丽丽、小绵、欣平都赞成,连一向漠不关心的乐姬也同意。

地点选了邻近的泰国芭提雅,因为旅费比较便宜,又是热带地方,有点艰苦训练的味道。集训当然不能缺少老文康。除了青荷和欣平已经去过美国迪士尼乐园,我们其他人都是第一次出国,家人都来送机,我又看到丽丽漂亮的母亲。光蕙的家人没来,我想是她叫他们不要来,她不希望他们看到老文康。但,老文康的妻子来了。

老文康的妻子穿了一套朴实的洋装,薄施脂粉,可是,站在我们之中，她显得太老了，即使她比老文康年轻，也已经五十多岁了。那时，我觉得老真是罪恶。现在，我觉得认为老是罪恶，才真是罪恶。

老文康的妻子，外表贤良淑德，可是，我留意到她的目光闪烁不定，她不断地打量我们八个女孩子，她花了较多时间留意乐姬，乐姬是最漂亮的。她并没有把光蕙放在眼里。妻子是最聪敏的，她了解她丈夫，了解老男人可能受不住少女的诱惑。但，妻子也是最愚昧的，她错认了目标。

飞机抵达芭提雅，我们住在一家拥有海滩的酒店，开始为期七天的集训。我和迪之同住在一个房间。

集训的第二天晚上，光蕙拿着一瓶白葡萄酒来到我和迪之的房间。

"我想去老文康的房间找他。"

"你找他有话想说吗？"迪之问她。

"我快离开他了，我要把最珍贵东西送给他。"

"你想跟他睡？"迪之骇然。

我吓了一跳。

"我不会后悔的，这就是爱情。"光蕙笑着说。

"你跟他睡了又怎样?他已婚,比你大三十六岁,他不会跟你结婚的,你别傻。"迪之说。

"我不需要有将来。"光蕙拿起三只酒杯,倒出三杯酒,要我们为她的爱情举杯,真是一件荒谬的事。

"如果是朋友,该让我做我想做的事!"

"好!我跟你干杯!"迪之站起来。

"程韵,你也来!"迪之把我从床上拉起来。

我们三个人举杯,光蕙把杯里的酒干了,我还是头一次喝葡萄酒。光蕙放下酒杯,我们不知说什么好,她微笑着离开房间。

"我觉得我们好像送光蕙去死。"我跟迪之说。

"我们是成人了,自己喜欢做什么都可以!"

我觉得这件事很荒谬,我从没想过自己竟举杯为一个处女饯行。再回来时,她已变成女人。我的心无法平复,我跟迪之把余下的白葡萄酒干了,昏昏沉沉地入梦。

再次醒来的时候,我看到光蕙睡在我和迪之中间。

"你跟老文康已经……"我问她。

"我们什么也没有做过。"光蕙说。

"老文康他不想?"

"我不知道,我们躺在床上,大家都脱了衣服,但什么都没做。"光蕙说。

"光蕙,他太老了。"迪之笑得很神秘。

"我不明白你的意思。"光蕙说。

"将来你会明白的,我头很痛,让我睡吧。"迪之闭上眼睛。

那一刻,我觉得老文康是个好人,在最后关头,他不忍夺去一个少女的贞操,光蕙也这样想。

后来,我们都有经验了,才明白老文康那天晚上,是无能为力。是无能为力,并非怜惜她。他是一个彻头彻尾的坏男人。光蕙日后不肯承认受骗,是她无法接受自己被这样一个男人骗到。世上并没有她曾经以为的那种超凡脱俗的爱。

在芭提雅的最后一天,我们大伙儿在海滩上吃露天晚餐。我仔细地重新研究老文康。他已经五十五岁了,染过的头发这几天被海水漂得褪色,露出原本花白的颜色。脸上久经日晒,堆满皱纹,腰间挂着两团赘肉,脸孔一贯地严肃,可是我已经不怕他了,因为我知道他和光蕙的事。光蕙爱上一个那么老的男人,真是难以想象。而这个老男人在我们之中,显得很快乐，他要在掉落衰老的黑洞前，抓住一个青春的躯体。

那一夜，我们一起唱歌、跳舞。迪之带来了林正平的新歌，那首《没法忘记你》是讲一对男女分手的，听得最感动的，是光蕙。

我举杯说："友谊永固。"

在歌声中，我与七年的中学生活告别。

回到香港不久，大学考试放榜，我的中文和历史拿了A，选上香港大学中文系。光蕙考上了理工学院，成绩没有她一贯的好，都是被老文康累的。但，迪之的成绩令我很意外，她通通不及格。

"再考一次吧！"我说。

"不！不想再考一次，没意思。"迪之说。

其实如果迪之在那几年没有谈恋爱，她的成绩应该不至于那样差，又是被男人累的。

"恭喜你，程韵，你是大学生。光蕙，你也好，理工是很难考上的呢。"迪之说。

我和光蕙都不知该说什么好。

乐姬也进了香港大学。丽丽考上师范学院，她想当体育老师。小绵的成绩也是差强人意,她报读了护士课程。欣平去英国念书,青荷的成绩最好,但他们一家人要移民美国。

迪之决定工作,她进了乐音唱片公司当秘书。乐音当时是一家中等规模的公司,旗下歌手不多,但每个人都有知名度,也很有特色。乐音的王牌正是红透半边天的林正平。我们听他的《没法忘记你》听得如痴如醉。

迪之每天都向我报告她哪天遇上哪一位歌星。对于这份工作,她兴致勃勃,使我稍微安心。某一天,终于让她认识了林正平。

"他本人跟镜头里一样迷人,还跟我聊天呢,一点架子也没有。"迪之兴奋地告诉我,她好像被林正平迷住了。

"听说他是同性恋。"我说。

"别人诬蔑他罢了!听公司里的人说,他有一个交往十年的女朋友,只是他一直不肯承认。"

一个月后,林正平在红磡体育馆开演唱会,迪之替我们拿到前面的座位。演唱会结束后,还有本事带我和光蕙到后台跟林正平合照。在林正平的休息室里,我看到一个没有化妆的女人默默地替他整理服装,那个大概就是他背后的女人,那个女人毫不起眼，要配林正平，她还差很远。不过，漂亮的女孩子也许无法忍受这样的委屈。

一天晚上，我跟迪之吃饭，途中，她的传呼机响起，她回了电话之后再回来。

"林正平传呼我。"迪之笑得很甜蜜，林正平竟然在晚上传呼她，证实她是个十分有魅力的女孩子。

"他找你干什么？"

"他说刚录完音，问我有没有时间跟他去喝茶。"

"他找你喝茶？"我觉得事情不简单。

"或者……或者他喜欢我，他女朋友那么丑。"迪之似乎准备接受追求。

"结账吧，林正平现在来接我。"

我目送迪之坐上林正平的保时捷跑车绝尘而去。她已经离开邓初发很远了。可怜的救生员。

深夜，我接到迪之的电话。

"我们在浅水湾漫步，他还牵着我的手呢！"迪之兴奋地告诉我。

"那邓初发怎么办？"

"我告诉他，我今天晚上跟你在一起。程韵，我愈来愈觉得，一个人一生中不可能只得一段爱情。"

"但邓初发是你的初恋。"

"他是我第一个男人，因此，即使我离开他，也不欠他什么，我已经把最好的东西给了他。"

女人喜欢把自己的贞操当成礼物送给男人。

那一夜，迪之首次向我承认，她和邓初发有肉体关系，而且发生在相恋半年之后。她一直没有告诉我，是因为我没有男朋友，我不会了解。

"你快点找个男朋友，你便会明白，男人爱你，便要跟你做那件事。"

当时的我，突然有一种很滑稽的想法，二十岁的我，仍然是处女，着实有点难堪。

"你喜欢邓初发，还是林正平？"我问她。

"我不知道……"

当她答不知道，她跟邓初发的爱情已成过去了。一个救生员，即使后来是一家体育用品公司的小股东，凭什么跟天王巨星林正平较量？迪之的虚荣，我完全明白。一个高高在上的男人，竟然向她展开追求，她注定逃不掉。

一个清晨，迪之告诉我，她跟林正平做了那件事。

"在哪儿？"我问她。

"在他的保时捷上。"

迪之决定跟邓初发分手，她开始躲他。

邓初发天天晚上在迪之家楼下守候，要看看她是不是交上新男朋友，一天晚上，迪之终于忍无可忍向他提出分手，他竟然掴了迪之一巴掌。

"你还手了吗？"我问迪之。

"没有，我要他欠我。他掴了我一巴掌，我对他，连仅余的感情都没有了。"

两天后的一个晚上，邓初发请我吃饭。

我在餐厅见到他的时候，他很颓丧。

"你一定知道迪之的新男朋友是谁。"

"你不要在这个时候逼她。让她冷静一下，也许她会回到你身边。"

"不会了！她不会回来了！我掴了她一巴掌！"邓初发惨笑。

一个有八块腹肌的男人竟然伏在桌上号哭起来，爱情把他的尊严夺走了。

他掏出一个粉红色的信封给我。

"我写了一封信给迪之,你看看。"邓初发把信递给我。

"我怎好意思看你的情书。"

"不!你看看,如果能感动你,便能感动迪之。"

"迪之比我铁石心肠。"

我开始阅读他的情书。虽然他那么难过,但,但我想笑!他的情书,写得十分差,字体丑得像小学生不在话下,文笔又差劲,总共有十三个错字,还想去感动一个女人?我不敢抬头看他,我怕我会忍不住发笑。他该多读点书。

"怎样?"他问我。

我很努力找出一些东西来称赞他:"你的感情很真挚。"

"你可不可以替我写一封,我知道我写得不好。"

第一次有人托我写情书。

"我不能代你写,我不想欺骗迪之。"

邓初发抓着我的双手:"求求你,帮我这一次。"

我觉得他太可怜,答应了他。我替他写了一封情书,他自己抄一遍之后,送去给迪之。

三天后，我接到迪之的电话，她泣不成声。

"什么事？"我问她。

"我看过邓初发写给我的信，很感动。"

一封赚人热泪的情书，并不能挽回一个女人的心。邓初发却不明白。他以为我替他写一封情书，便能让迪之回心转意。迪之也太糊涂了，她跟一个男人相处五年，竟无法分辨他有没有写那封情书的才情。

邓初发的情书只能换到最后一次见面。邓初发约迪之在铜锣湾一家简陋的马来西亚餐厅见面，那是他们初次约会的地方。他期望用旧情留住她，可是他不知道，迪之跟林正平去浅水湾餐厅、雅谷和卡萨布兰卡，两个人吃饭，要数千元。迪之不再喜欢那种马来西亚餐厅，人不能走回头路。

"我不能再见他，我见他一次，便更加讨厌他。我宁愿留一点美好回忆。"迪之说。

当然，失败的男人，还有什么魅力？邓初发不该出来现世，如果他躲在暗角，黯然神伤，还能赢得一点同情。

在跟迪之见面后的第二天晚上，邓初发来找我。

"谢谢你替我写情书，虽然没有什么结果，我还是想谢谢你，我决定回南丫岛。"邓初发说。

伤心的邓初发回到老家去，他履行诺言，没有再骚扰迪之。迪之却对我说：

"我有点挂念他。"

"你不是挂念他，你是可怜他。"

因为女人先抛弃男人，所以，她可以升上上帝的宝座来怜悯他。邓初发正是受不住这种怜悯，所以宁愿躲起来。

"你会爱上他吗？"迪之笑着问我。

我有点愕然，她竟然怀疑我会爱上邓初发。她太自大了，她以为即使她弃如敝屣的男人，也都配得上我。而且当时我还没有男孩子追求，而她先后有邓初发和天王巨星林正平。我有点愤怒，想告诉她，即使在五年前，我也不会选择邓初发，何况今天？

"跟你说笑罢了。"迪之看见我有点愠怒，拉着我的手。

当然，我知道她不是说笑，她觉得自己上岸了，很想做一件善事，就是将邓初发推给我，或者将我推给邓初发。我才不会爱上一个连我的好朋友都不要的男人。

光蕙来了，刚好打破我和迪之的僵局，我们三个人，很久没有一起吃饭了。

"我们的未来测量师很忙吧？"光蕙在理工学院念屋宇管理及测量系，迪之有点嫉妒光蕙可以考上大学。

"谁说呢？我替学生补习呀，今天领到薪水，可以请你们吃饭。"

"不，你和程韵还在念书，这顿饭该由我来请。"迪之说。

"好，我不跟你争，你现在是林正平的女朋友啊，手头阔绰得多了。"光蕙取笑她，"听说邓初发回南丫岛去了。唉，男人都是可怜的动物。我也挂念老文康。"

"邓初发和老文康不同，老文康对你不是真的，毕业后，他没有找过你。"我说。

光蕙的脸色突然变得很难看，我知道我说错了话。迪之伤害了我，我伤害了光蕙。

光蕙对老文康的感情很复杂，她爱他，可是也怀疑他是否欺骗自己。但怀疑他太痛苦了，倒不如相信他。

"老文康对我是真是假我自己最清楚。"光蕙咬着牙说。

"那最好。"我说。

"程韵不是这个意思,她关心你。"迪之对光蕙说。

我没有表示同意。向光蕙道歉,我下不了台,心情也不好。

"老文康寄过一张卡片给我。"光蕙说。

"他说什么?"迪之问她。

"问候我。我和他,打从一开始,便知道没有结果,我们相差三十六岁。"光蕙说。

"林正平也有女朋友,我和他的事,不能让他女朋友知道。"迪之说。

"那种偷偷摸摸的感觉,很刺激,也很痛苦。"光蕙对迪之说。

"也许正是这种偷偷摸摸的感觉,使我们相聚的时光更快乐。"迪之告诉光蕙。

她们把我摒出局了!两个情妇在抒发当情妇的感受,好像情妇是世上最伟大也最伤感的身份。

"一个女人,一生之中,无论如何要当一次第三者。"迪之说。

"是的,做过第三者,才会明白,爱一个人,是多么凄凉。我们想要的人,并非常常可以得到。"光蕙说。

"一对一的爱情太单调了。我和邓初发曾经有过快乐时光，我们在床上调情、接吻，以为理所当然。但，跟林正平在一起，即使只是接吻，我也会热血沸腾，想得到更多。他让我觉得自己像一个女人，一个想偷情的坏女人。"

"你现在的样子很放荡。"我揶揄她。

我跟迪之一起搭车回家，电台刚好播放林正平的新歌。

"你留心听听，这首歌很好听！是一位新进作词人写的。"迪之说。

> 有几多首歌，
> 我一生能为你唱？
> 从相遇的那一天，
> 那些少年的岁月，
> 该有雨，洗去错误的足印，
> 该有雪，擦去脸上的模糊……

林正平唱得很好，不像他以往所唱的那些肤浅的情歌。歌名叫《人间》。

迪之听得很陶醉，好像林正平单单为她一个人而唱。我有点悲伤，莫名其妙地被歌词牵动心灵。我倚在迪之的肩膀上，她也倚在我的肩膀上。我们竟然在那一夜，被一首歌，感动得说不出话。

"作词人是谁？"我问迪之。

"好像叫林放。"

第二天早上，起床的时候，我又从电台听到那首歌，无端地伤感。那是一个下着滂沱大雨的早上，雨中的香港大学并不美丽。我忽然觉得，我并不怎么喜欢这个地方。开课一个月了，我并没有找到一个跟我特别投契的人。念中文系的人，并不活泼。下课后，他们都忙着替学生补习。我最不能忍受替那些小白痴补习，我没有那份能耐，我会杀死那些补习老师讲解了三次仍然听不懂的小白痴。我参加过两次女排的练习，那些女孩子都很高傲，球技不好，却很有自信，很排外。我决定不参加。在校园里，我偶尔会碰到乐姬，常常有一些男孩子包围着她，听说他们选了她做校花。

班上女孩子比男孩子多出六倍。十个男孩子都面目模糊。

上唐诗讨论课的时候，第十一个男生闯进来。

第二章
恋 人 的 感 觉

他会忘掉我在等他，

却为我写一首歌。

听到那首歌之前，

我从来没有想过，他对我那样情深。

他有本事令我快乐，

也最有本事令我流泪。

闯进教室的男生，戴着一顶鸭舌帽，架着一副粗黑框眼镜，我没法看清楚他的眼睛，只看到他有一张过分苍白的脸，比一张白纸稍微有点颜色。他叫林方文，开课后一个月才到，肯定是候补生。

林方文选了前排的位置，就在我前面。他把喝了一半的可乐放在桌上，然后掏出一本书看得津津有味，那本不是什么书，而是漫画，是《龙虎门》。大学中文系一年级生，日常读物竟是《龙虎门》！

"如果要看《龙虎门》，为什么不坐到后面呢？"我跟他说。

他回头，打量我一下。

"前面比较凉快。"他说。

"啊！原来是这样。"

我最讨厌故弄玄虚的人。

像他这种人，一定会在三个月内勾搭一个女生，那个傻兮兮的女生便会替他收拾房间，他坐享其成，然后在离开大学之前抛弃她。他的房间除了有大量《龙虎门》外,应该还有大批色情杂志和一副麻将牌。

第二天,林方文又选了最前排的位置坐下。他从背包里拿出一本《花花公子》。

林方文的花样真是层出不穷,先是看《龙虎门》,然后是《花花公子》,甚至《马经》。偶尔,他会一本正经地看《号外》,总之,从来没有看课堂上应该看的书。

有几个男生跟他来往,他们说,他来自油麻地区一所不见经传的学校。他能考上香港大学,真是异数。

林方文从来没有摘下他的鸭舌帽,在校园任何一处,碰上他,他都戴着那顶鸭舌帽。即使三十三摄氏度高温,他仍然没有摘下帽子的意思。我想,他若不是额头上有一个大洞,便是根本没有头发。

一天,上新诗课的时候,他竟然穿了一双凉鞋,露出十根脚趾,翘起双脚看《姊妹》。《姊妹》是我上发廊才看的。他为什么看一本女性杂志呢?难道他也有妇科问题?

那天,我无心细想他为什么看《姊妹》,我只留意他的脚趾。我觉得脚趾是一个人身体最神秘的部分。除了在家里或去游泳，我外出一定不会让人看到我的脚趾。脚趾好比私处，让人看见，总是很不自然。

　　林方文的十根脚趾很干净，不太长也不太短。最难得的，是他的第二根脚趾比大拇指短，应该不会是一个穷人。看着他的十根脚趾，我有偷窥的感觉。

　　下课后，林方文走到我面前，问我："你为什么一直看我的脚趾？"

　　吓了我一跳，没想到他知道我一直在偷看他的脚趾。

　　"谁看你的脚趾！"我若无其事从他身边走过。

　　我感觉到他在我身后盯着我。那是头一次，我对一个男人，有一点怦然心动的感觉。但，我找不到任何一个理由，我会喜欢他。如果有一点揪心，那是因为被他揭穿了我在偷窥他，因此感到尴尬。

　　同一天下午上另一堂课，林方文换了一双帆船鞋。他坐在我前面，回头对我说：

　　"我特意换上一双包头鞋，不让你看到我的脚趾。"

　　说罢，他得意扬扬翻看新出版的《龙虎门》。而那一刻，我竟然没有还击之力，被他打得一败涂地。

晚上，我跟迪之吃饭，她拿了林正平最新的唱片给我，里面有那首《人间》。迪之说，林正平已经一个星期没找她了。我不知道该说些什么，看着她哀伤地离去。男人如果要走，又怎能留住呢？

我在被窝里听《人间》：

> 有几多首歌，
> 我一生能为你唱？
> 从相遇的那一天，
> 那些少年的岁月，
> 该有雨，洗去错误的足印，
> 该有雪，擦去脸上的模糊……

我在歌声中睡去。

几个星期后的一个早上，下着滂沱大雨，我在街上站了四十五分钟，还没法招到一辆出租车。终于有一辆出租车停在我面前，里面的人叫我上车，是林方文。我已经全身湿透，不想再跟自己过不去。

"谢谢你。"我对他说。

他没有理会我，那顶鸭舌帽压得很低，脸孔很模糊。电台刚好播放《人间》：

> 从相遇的那一天，
> 那些少年的岁月，
> 该有雨，洗去错误的足印，
> 该有雪，擦去脸上的模糊……

我的身体轻微随着歌声摆动。

"你很喜欢这首歌吗？"林方文问我。

我点头，他沉默不语。我们听着同一首歌。

那首歌，总是教每一个人无端地伤感，连看《龙虎门》和《花花公子》的林方文，也不例外。

出租车到了香港大学，我找钱包付钱，林方文对我说："不用你付。"

他就这样付了车费，完全不认为需要征求我的同意。

"喂！"他叫我。

"什么事？"

他把外套脱下来扔给我。

"你把衣服拿去。"

"不用。"我说。

"你的衣服湿透了。"他说。

"我不怕冷。"我说。

"我不知道你冷不冷，但你现在好像穿了透视装。"

我看看自己，才发现身上的白衬衫湿透了，整个胸罩浮现得一清二楚，我把林方文的外套抱在胸前，尴尬得不敢望他。

接下来的那堂课，林方文没有出现。我的衬衫已经干了，我把外套拿去宿舍还他。

他不在宿舍里，房门没有关上，我走进去，以为自己走进了一家旧书局。整个房间都是书，半张床被书本霸占了。房间里并没有大量的《龙虎门》《花花公子》或《姊妹》。有《战争与和平》，也有《百年孤独》，他原来也看那些书。桌面很凌乱，我翻看一下桌上的纸张，其中一张纸上有《人间》的歌词。

有几多首歌,我一生能为你唱?

从相遇的那一天,那些少年的岁月……

他竟然那么无聊把歌词抄一遍。

即使抄歌词,也没有可能连简谱一起抄下吧?《人间》的填词人是林放,林方文,方字跟文字合并,不就是"放"字吗?难道林方文就是林放?

这个猛啃《龙虎门》的人,能写出那样动人的歌词?《人间》不是我听过最好的歌,却是最能感动我的歌。

我看见床上有一支颇为破旧的乐风牌口琴,是填词的工具吗?

"你在这里干什么?"他突然闯进来,把我吓了一跳。

"我把外套还给你。"

"哦。"

他没有理会我,把刚洗好的几件衣服挂在房间里。

"《人间》的歌词,是你写的吗?"

"没想到吧?"

"是你?真的是你?"

第二章　恋人的感觉

"你的样子很吃惊,是不是像我这种人,不像能写出这样的歌词?"

我从来没想过,那段日子里,每晚陪着我入梦的歌,竟是他写的。一个我最心仪的填词人,竟然站在我面前,他是我认识的人。

我有点不知所措,应该离去,却不由自主地留下,期望他会跟我说些什么。

林方文没有跟我说话,温柔地拥抱着我,我竟然没有反抗,好像已经跟他认识了很久。

才气令女人目眩,不是他的臂弯融化了我,是他的歌词,是他的才情,令我失去矜持。

那是我有生以来,头一次跟一个和我没血缘关系的男人拥抱,他的体温温热着我,我用双手紧紧抱着他,像找到了一个依归。他用双手捧着我的脸,唇贴着我的唇。我闭上眼睛,不敢望他。那一天,是一九八六年十一月三日。

都是那首歌惹的祸。

我和林方文一直拥抱着,谁也不愿意先放手。我们好像是一对长年分开的情人,竟然可以互相拥抱,无论如何不肯再分开。我看着书桌上的小闹钟，时间以轻快的步伐歌颂爱情，我们已经拥抱了一个小时。

"我想喝水。"我说。

他放开我，倒了一杯水给我，我们拥抱了一个小时，他竟然还没摘下那顶鸭舌帽。

"你为什么总是戴着帽子？"我锲而不舍。

"没想过为什么。"

那一刻，我是一个刚刚跟他拥抱了一个小时的女孩子，我问他问题，他竟然那样不负责任地回答我，我觉得很尴尬，他是不是觉得我的话太多？刚刚献出初吻的女孩，也许应该保持沉默。

他吻我的时候，我便知道，他不是头一次接吻，他很会吻人。

"歌词真的是你写的吗？"

"如果不是我写的，你刚才便不会让我抱，是不是？"

我不知道怎样回答他。

"你这个人太计较了。"

我觉得很愤怒，他会不会是玩弄我？因为我曾经批评他上课时看《龙虎门》。他故意要吻我，然后向其他人炫耀，证实我不过是一个容易受骗的女孩子。如果那是真的，我已经输了，我还留下来干什么？

我冲出走廊，离开宿舍大楼，上了一辆出租车，车上竟然播着那首歌：

> 该有雨，洗去错误的足印，
> 该有雪，擦去脸上的模糊……

为什么是这首歌？它是我的紧箍咒。

我和迪之在酒吧见面，对于我终于和一个男人接吻，她显得很雀跃，也许她觉得，以后我们可以有更多共同的话题。

"要查出来不难，我问唱片监制便知道。如果他不是林放，你是不是不喜欢他？"

但我感觉到，他就是那个人。

迪之很快便查出来。

"监制说，他常常戴着一顶鸭舌帽。"

"那一定是他。"

"好啊！你跟才子恋爱！他很红呀，很多歌星指定要他填词。"

"你跟林正平怎样了？"

"不要说了！他正在追求一个为歌手做宣传的人。"

"是个长得很漂亮的女人吗？"

"是很漂亮，不过是个男的。"

我目瞪口呆。

"我质问他，他说，他也玩玩男人。"

"玩玩？"我想吐。

"我被人玩了。他是个玩弄女人的风流种子罢了。是我太天真。"

"你会回到邓初发身边吗？"

"我已经不爱他了。"

迪之没有流下泪来，她尽量使自己看起来若无其事。那是她第一次明白爱情可以是游戏，她把那次玩弄当成短暂的爱情，那样会使她好过一点。

第二天上课，林方文进入教室时，仍然戴着那顶鸭舌帽，他坐在我身边，在我耳边说：

"你应该已经查出我是不是林放了吧?"

我别过脸不去望他,心里却很快乐。

他那天竟然乖乖看笔记,没有看他的杂书。

"今天为什么不看《龙虎门》?"

"新一期还没出版。"

我被他气坏:"你为什么看《龙虎门》?"

"好看呀。"

"那《花花公子》呢?"

"好看呀。"

"那《姊妹》呢?"

"我想多了解女人。"

他把手伸过来:"把你的电话号码给我。"

"为什么要给你?"

他竟然很快便把手缩回去。 他应该多问我一次。

下课后,我以为他会约我吃饭,他竟然匆匆说了一句:"我会找你!"便跑回宿舍。

周末,我守在电话旁边,地久天长,等待一个人的声音。他要是想找我,一定可以从班上其中一个同学那里拿到我的电话。可是，他没有找我。

星期一，我在教室外面碰到他，故意不去望他。

"今天有空一起吃午饭吗？"

"没空。"我说。

他的样子很失望，看来他不打算再求我。

"哦，慢着，你说午饭？午饭我有空，我以为你说晚饭。"我想跟他在一起，唯有自己打圆场。

我们长途跋涉去浅水湾吃汉堡。

"可以把你的电话号码给我吗？"他说。

"你不知道吗？"

"你没有告诉我。"

"你没有去查？"

他摇头。我常常以为，他喜欢我，应该会千方百计查出我的电话号码，那是一个男人爱慕一个女人的表现。后来我当然知道，他不是那类男人，他要女人付出。

班上的人开始知道，我和林方文谈恋爱。他们也猜到，他是近日很红的填词人林放。

消息很快传到乐姬耳中,一天,我在走廊上碰到她,她跟我说:

"听说你跟才子谈恋爱?"

我看得出她眼里的嫉妒,她以为举凡出色的男人都应该追求她。林方文追求我,是没有遇上她而已。

终于有一次,我和林方文在一起让她碰到。我看到她故意从大老远跑过来跟我打招呼,我也故意不介绍林方文给她认识。我一定要捍卫我的初恋。

"她是谁?"林方文问我。

"我的中学同学,很漂亮吧?"我试探他。

他没有理会我。

我们常常那样斗嘴,他永远是爱理不理的,他只会对头上那顶鸭舌帽坚持。

一九八六年十二月三十一日,我们相约在港岛深湾的卡萨布兰卡餐厅吃饭庆祝新年。这家餐厅的名字取自同名的一部好莱坞旧片。我听迪之说,那里可以跳舞,所以当林方文问我想到哪里过除夕,我便选了卡萨布兰卡。

除夕晚上我等了五个小时,还没有看见他。驻场歌星倒数十秒迎接一九八七年，普世欢腾，我气得一个人在哭。他会不会从此不再出现？

他在十二点十五分来到，看来安然无恙。他坐下，我马上起身离开。

他拉着我问："你去哪里？"

"你现在才来？"我流着泪质问他。

"我在录音室。"

"你忘了我在这里等你？"

"忘了。"

他竟然那样回答我！我无法不承认，一直以来都是我一厢情愿而已，他根本不在乎。我掩着脸冲出去，他在餐厅外面拉住我，把一张歌谱塞到我手里："这首歌是我为你写的。"

他从口袋里拿出那支乐风牌口琴，吹起一首歌——

告诉我，我和你是不是会有明天？

时间尽头，会不会有你的思念？

在你给我最后、最无可奈何的叹息之前，

会不会给我那样的眼神——最早，也最迷乱？

第二章　恋人的感觉

深情是我担不起的重担,情话只是偶然兑现的谎言。因为你,我甘愿冒这一次险,即使没有明天……

感动是一座熔炉,烧熔我的心,逼出眼泪,即使用一双手去接,也接不住。

"为什么要写这首歌给我?"

他没有回答我。我忘了,他不一定回答问题。

我心里有说不尽的欢愉,天的遥远地的辽阔,海的深沉山的高峻,也比不上天地间有一个男人,为我写一首歌。

他抱着我,我把头埋在他的胸口。

"我害怕你永远不会再出现。"

"怎会呢?"他吻我。

"新年快乐!"他跟我说。

"新年快乐!"我说。

一九八七年的一月一日,我们在海边等待日出。我渐渐了解,我正爱着的人,是一个很难让我了解的人。他会忘掉我在等他,却为我写一首歌。听到那首歌之前,我从来没有想过,他对我那样情深。他有本事令我快乐,也最有本事令我流泪。

"在我之前，你有要好的女朋友吗？"我问他。

他点头，我很嫉妒。

"你有送歌给她吗？"

他沉默。

"日出了，你看。"他拉着我的手。

是的，日出了，我和林方文会不会有明天？

"深情是我担不起的重担，情话只是偶然兑现的谎言。"——这是不是林方文要对我说的话？他是个悲观的男人。女人最害怕遇上悲观的男人，她要用双倍的爱心来呵护他。她的喜怒哀乐，都由他操控。

但，即使没有明天，他是陪我看一九八七年第一个日出的男人。

一天，我陪林方文一起去看歌手录音。在录音室里，我第一次见到林正平，他不知道我是迪之的好朋友，他用深情的眼神望着我。我想起他跟男人搞在一起的事，有点作闷。

"林放的情歌写得很好，能感动很多女人。"林正平对我说。

我不太明白他的意思。他是称赞林方文的深情,还是想提醒我,林方文写过很多情歌给其他女人?

我和林方文一起离开录音室的时候,已经是深夜,他一直不说话,大概是他的悲剧人物情绪又发作。

"你跟林正平很谈得来吧?"他幽幽地说。

原来他嫉妒。我突然觉得很快乐,他嫉妒我和另一个男人谈话,他不是一直都爱理不理的吗?

"你嫉妒?"我试探他。

"林正平不是一个好男人。"他说。

我笑而不答,我当然知道,我装作毫无所悉,让他不放心。

"嘿,什么时候才肯摘下你的帽子?"我突然有勇气再次向他挑战,"你洗澡的时候,是不是也戴着帽子?"

"我很嫉妒你的帽子,它比我和你更亲密,它没有一天离开你。"我说。

他继续向前走。

"摘下你的帽子。"我从后面追上他,伸手要拉下他的帽子。他跑得很快,不让我碰到他的鸭舌帽。

"你跑得挺快。"他说。

"当然,我是女子排球队队员呢。"我企图拉下他的帽子。

"你好奇心太重了。"他闪开。

"你为什么不肯摘下帽子?"

"我说过,没想过为什么。"

"一定有原因的,你的头顶有一个洞,是不是?"

"不是每一件事都有原因的。我送你回去。"

"你不摘下帽子,我也不回去。"我赌气。

"你真的不回去?"

"除非你摘下帽子。"

"那我自己回去,再见。"

他竟然撇下我离开!我气得在路上哭起来。

那顶鸭舌帽可能是一个女孩子送给他的,所以,他不舍得摘下帽子,他仍然怀念那个人。

我坐在路边,不敢相信,他竟然撇下我。一辆汽车划破夜街的死寂,从我身边飞驰而过,情话只是偶然兑现的谎言?

林方文突然再次出现在我跟前,我低着头偷笑,抬头看他的时候,发现他并没有戴着鸭舌帽。

他的头顶没有洞,也没有伤疤,他的头发乌黑浓密。

他拿着帽子，向我行了一个礼，弄得我哭笑不得。

"你回来干什么？"

"你是不是最喜欢把男人气走？"

"你是不是最喜欢把女人丢在街上？"

"求求你不要再跟我抬杠，我没戴帽子，好像没穿衣服！回去吧！"

"你为什么摘下帽子？"

"没有想过为什么。"

我渐渐明白，林方文便是那样一个人，他长久以来戴着帽子，没有原因。他突然摘下帽子，也没有原因。他爱上一个人，说不出原因。不爱一个人，也不会说原因。他原来是一个不值得依赖的男人。

"你可以戴回你的帽子。"我跟他说。

他回头，向我笑："不用了。"

迪之也有新恋情，对方是唱片公司录音室的技师，迪之把他们两人用宝丽莱拍下的照片给我看。

"他不像你一向的选择，不够英俊。"我说。

"我现在是返璞归真。"她认真地说，"他是攀岩高手，我跟他学攀岩。"

"攀岩很危险。"我说。

"你说攀岩危险,还是恋爱危险?"

想不到光蕙也有新恋情,对方是牙医,替一位私人执业的牙医工作。

"你们跟男朋友做了那件事没有?"迪之毫不避讳地审问我和光蕙。

"你老是关心这个问题。"我骂迪之。

"就是嘛!你不脸红吗?"光蕙也骂她。

"不要这么纯情好不好?你们早晚会跟一个男人干这种事。"迪之懒洋洋地说,"那真是一件美妙的事!"

"来!为你们两位处女干杯!"迪之举杯。

她对性的渴望和开放,也许是与生俱来的。

"你有兴趣做兼职吗?"迪之问我。

"是什么兼职?"

"在一家杂志社做校对,月薪有一千元。"

"好呀!我讨厌补习。"

那家杂志社出版一份高品位的生活月刊,校对只有我和另外一个男孩子，每天要花数小时看原稿和印刷稿，眼睛十分疲倦。一千元薪水，并不容易赚。

但，我有一个目标，林方文的那支口琴已经很老旧，乐风牌又不是什么好品牌，我要送一支新的给他。

我把三个月兼职的薪水存起来，每天中午只吃一个面包。

日本蝴蝶牌在当时是很好的口琴牌子，每支要卖三千二百元，我从来没有买过那么昂贵的礼物送给别人。我在乐器行里仔细地将口琴检查了一遍又一遍，卖琴的人都嫌我挑剔。

口琴放在一个小小的木盒里，十分精致。我用包装纸把它包好，扎上一只金色的蝴蝶，悄悄放在林方文的床上，然后把那支老旧的乐风牌口琴拿走。当林方文回到房间，看到我送给他的口琴，一定会很感动。

三个小时后，他在校园里找我，当时我正站在储物柜前面。我以为他会情不自禁跟我拥抱，他的样子却很吓人。

"我的口琴呢？"他怒气冲冲地问我。

"什么口琴？"我有点不知所措。

"我的乐风牌口琴。"

"我送了一支新的口琴给你，你没有看到吗？"

"是你拿走我的口琴?"他的样子很凶。

"那支口琴太旧了,所以我……"

"把我的口琴还给我。"他的目光很可怕。我打开储物柜,把那支口琴拿出来,重重地放在他手上。我的眼泪都涌出来了,何以爱一个人,会如此辛酸?口琴有什么秘密比爱情重要?

"还给你,都还给你!"我流着泪说,"我用了三个月薪水买那支口琴给你,你一点都不领情!"

"你用不着这样做。"他竟然可以说得如此平淡,像对一个普通朋友说话。

众目睽睽,大家都目睹我是这段爱情的失败者,我还能选择留下吗?

我在家里待了两天,对什么都提不起劲。最可笑的是,在痛恨这个男人的时候,却深切盼望他打电话给我。电话没有响过,我突然觉得自己是个傻瓜,他为我做过些什么?只不过写一首歌,摘下一顶鸭舌帽而已,我却变得如此卑微。晚上,我扭开收音机,播的尽是情歌,还有林方文送给我的歌:

告诉我，我和你是不是会有明天？

时间尽头，会不会有你的思念……

渐渐地，我发现音乐不是来自收音机，而是来自窗外。我走到窗前，不敢相信林方文正在楼下吹着他送给我的歌。在电影或小说里看到这种场面，我一定会嗤之以鼻，认为太老套了，如果我的男人那样做，我一定会把他赶走。可是我当时完全没有将他赶走的意思。

我把房子里的灯全关掉，我不能走下去，他以为我是什么？随便让他骂，也随便让他哄吗？接着，他吹奏一首我没听过的歌，哀伤低回，像泣诉一对将要分手的情人。曲终，我再也听不到琴声，我走到窗前，已经看不见他。

我跑到楼下，想寻找他，却看不见他的踪影，他便是这样一个人，喜欢令人失望。我回头，他却在我后面。

"你为什么不走？"我冷着脸说。

"你的桌灯还没有关掉。"他说。

是的，我故意亮着一盏灯。

"气我吗？"林方文问我。

我重重地点头。

"真有这么气我?"他很失望。

我做了一个九十度弯身的点头。

"口琴是我爸留给我的,是他留给我的唯一的东西。"

"你爸不在了吗?"我讶异。

"他是个潦倒的海员,寂寞的时候,他站在甲板上吹口琴。一年里,他只回家两三次,对我和姊姊来说,他像个陌生人。一九八〇年,他工作的大洋船在巴拿马遇上暴风雨沉没,没有一名船员生还。警察在船舱里发现这支口琴,口琴放在一堆衣物当中,竟然丝毫无损。他们把口琴送回来。这是一支奇怪的口琴,沾了腥气、遇过沉船,外表破旧,音色却依然完好。"

"你妈呢?"

"我已经很久没有跟她说话了。她是一个美丽聪明的女子,嫁给我爸,也许是她此生最错误的决定。爸爸死后,她重操旧业,经营一家小舞厅。"

我从来没有想过,林方文生活在另一个世界。

"还气我吗?"他问我。

我吃力地点头,他捉住我,我向他微笑。

头三个月的薪水用来买了口琴给林方文，第四个月的薪水，我答应请迪之和光蕙吃饭。

"原来他有太太。"迪之惨笑，"我在街上碰到他，他牵着大腹便便的太太买婴儿用品。"

"那个录音室技师？"

"男人都是这样，像邓初发这种好人，早就死光了。"迪之说。

她从皮包里拿出一包登喜路，点了一根烟，手势并不很熟练，意态却沧桑。那份沧桑过早出现在她脸上，她两次都没有遇上好男人。

"什么时候学会抽烟的？"我问她。

"几天前才学会的。一个人无所事事，抽一根烟，时间会过得快一点。"

"不要抽烟。"

"你的运气比我好，你遇上好男人。"

"林方文是好是坏，我还不知道。"

"他有没有跟你上床？"

"没有。"

"那他是好男人。"

迪之那样说,暗示了她跟技师已经上过床了。

"你知道吗?女人怀孕的时候,不能做那件事。"她呼出一个烟圈。

我和光蕙默默无语。

"程韵,可以请我喝酒吗?"迪之问我。

"当然可以。"

她叫了一杯白葡萄酒。

"我是不是很蠢?常常被男人骗到。"

"你不是蠢,你只是太渴望得到安慰。"我说。

"我比你们需要男人。"迪之又叫了一杯白葡萄酒。

"不要再喝了!"我阻止她。

"我自己付钱!"

"你知道我不是这个意思。"

"你要喝,我陪你喝!"光蕙把迪之的葡萄酒干了,奇怪,她为什么陪迪之喝酒?

"我们去南丫岛!"迪之说。

"现在去南丫岛?去那儿干什么?"我说。

"去找邓初发！"她看看腕表，"现在还有船。"

我们坐最后一班船往南丫岛，来到邓初发的石屋前面拍门。邓初发看见我们三个，很是意外。

"邓初发，我们来看你！"迪之倒在他怀中。

"她喝醉了。"我说。

邓初发带我们进石屋，这个屋子只有他一个人住，他比以前瘦了很多。

他拿了一条热毛巾替迪之敷脸。

迪之双手绕着邓初发的脖子，温柔地对他说："我要到你的房间睡。"

邓初发无奈，将她抱走，他们会再次走在一起吗？

光蕙问我："你最恨哪一个人？"

"暂时没有。"

"我有！我最恨老文康。他骗我，我认识了孙维栋，才知道什么是爱情。老文康是无耻的骗子，我要打电话骂他！"

她真的拿起话筒打电话给老文康。

"喂，老文康在吗？"光蕙问。

接电话的是老文康。

"我是沈光蕙,你这个绝子绝孙的臭王八,什么时候才去死?你这种人愈早死愈好。"

老文康大概吓了一跳,立刻挂断电话。我和光蕙倒在床上大笑。

"你不是说毕业后,他寄过一张卡片给你吗?"

"骗你的,他没有找我,我只是无法接受自己受骗,我曾经以为那是一段超凡脱俗的爱情。"光蕙悲哀地睡着。

小岛上的夜,唯一的声音,是草丛里蛤蟆的叫声。我很挂念我的男人,拨了一个电话给他。

"你在哪儿?我找不到你。"他焦急地说。

"我在南丫岛,迪之喝醉了,我陪她来找邓初发,光蕙也在这儿,她睡了。我要明天一早才可以回去。"

"我很挂念你。"

他从来没有对我说过这句话。

"我们会不会有明天?"我问他。迪之的遭遇令我对男人很悲观。

"夜深了,睡吧。"他没有回答我。

第二天清早,邓初发买了早餐给我们,迪之仍然睡在他的床上。

"你昨晚有没有跟她……"我问邓初发。

"我不是这种男人。"他说,"她已经不爱我了,虽然昨晚她肯定不会拒绝我,但我不想这样做。"

迪之醒来后,邓初发送我们到码头。到了香港,林方文竟然在码头等我。他用行动证实我们的明天。

如果世上有很多种幸福,那是其中最动人的一种。

"你为什么会在这里?"我问他。

"你说今天早上会回来。"

"真是令人感动啊!"迪之取笑他。

光蕙也加入取笑他,跟迪之一唱一和:

"羡煞旁人啊!"

他们三个人还是头一次见面。

迪之和光蕙离开了,我跟林方文手牵手在中环散步。

"你昨天为什么跟我说那句话?"我问他。

"哪句话?"

"我很挂念你。"我说。

他沉默,我突然觉得他的沉默很不寻常。

"是不是你昨夜想起另一个人,所以对我说很挂念我?"

他凝视我,我知道我的感觉是真的。我不了解男人,对爱情的认识也很肤浅,但我有恋人的感觉,不会错的。

"我带你去一个地方。"他说。

我走在他身边,默默无语。他在码头等我,是他内疚,不是我幸福。如果世上有很多种不幸,那是其中一种可笑的不幸。

林方文走到兰桂坊,跟晚上相比,清晨的兰桂坊是另一个世界,斜坡上卖早餐的店铺里坐满了看日报的男女。他走到斜路尽处,那里有一家酒吧,酒吧已经关门,他带着我走上二楼,那儿可以看到对面大厦的一楼有一家画廊。

画廊里,一个穿雪白色长袖睡袍的女子正在画画。那个女人看起来有三十岁,一把长发垂在胸前,蔓延到腰间,她长得很高、很瘦,有差不多五英尺八英寸,不施脂粉,有象牙白色的皮肤、一个大嘴巴、一个大鼻子、一双好像什么都不在乎的眼睛。五官凑合在一起,却很漂亮。

"她是你昨夜思念的人?"我问林方文。

他没有回答我。在那个出众的女人面前,我突然觉得自己很渺小。

"她是我从前的女朋友。"

"她看起来年纪比你大。"

"比我大好几岁。"

"你们分开了多久？"

"差不多一年。"

"刻骨铭心？"我问他。

"什么叫作刻骨铭心？"他反问我。

"已经分开一年，你仍然跑来这里偷看她。"

就在那个时候，画室里出现了另一个男人，那个男人长得很俊朗，看来才不过十八岁。他从后面抱着她，身体和她一起摆动。

"你们分开是因为他？"

"她跟这个男人只是来往了一个月。"

"噢！原来你常常来这里偷看她。"跟我在一起的那段日子里，他的心仍然留在画廊里，我实在嫉妒。

"她倒是很喜欢比自己年轻的男人啊！"

"她是一个很放荡的女人。"他说。

"你们为什么分开？"

他对着我苦笑："我们互相伤害。"

我很妒恨林方文与画廊里那个女人曾经互相伤害。创伤比爱刻骨铭心，所以他虽然离开她，却一直没有忘掉她，而我在他心中的位置，显然比不上那个大嘴巴女人。

"你有没有跟她做爱？"我问他。

他没有回答我。

我突然发觉林方文和画廊里的女人，有非比寻常的肉体关系，而他跟我却没有，因此我比不上她。

我搂着林方文，紧紧地搂着他，不让他呼吸。

"你干什么？"

"跟我做爱！"

我以为只有那样，我和林方文的关系才可以跟他和大嘴巴女人的关系相比。她和林方文睡过，而我没有。她和他缠绵，而我不过是一个跟他互不相干的女人，这种关系太不安全。

他轻轻地推开我："你别这样。"

"我要跟你做爱。"我缠着他不肯放手，热情地吻他的脸、嘴巴和脖子。我已经失去所有尊严，哀求一个男人占有我，以为因此我可以占有他。

他狠狠地推开我:"你不要发神经好不好?"

我被拒绝,无地自容。我奔到楼下,冲下斜坡,不知该走到哪里。他为什么要带我去看大嘴巴女人?他爱上那个放荡的女人,为什么,为什么他不介意她放荡?还是因为她放荡,他才跟她分手?那个女人比他大八岁,他喜欢年纪比他大的女人吗?

我迷迷糊糊地回到宿舍,走进他的房间里。在那个大雨滂沱的清晨,他在出租车上,载我一程,我们一同听《人间》。

"从相遇的那一天,那些少年的岁月……"爱情从那一刻开始迷惑我们。但那天早上,他可能是离开宿舍,去偷看大嘴巴女人,所以回程时遇到我。我和林方文的爱情,竟然在那个女人的阴影下滋长,《人间》是他写给那个女人的,我竟被歌词迷住,倾慕他俩的爱情故事,真可笑!

我拉开书桌的抽屉,里面很杂乱,我企图找到一些他和大嘴巴女人的相关东西,可是一无所获,只有我送给他的那支蝴蝶牌口琴和那顶鸭舌帽依偎在一起。

"你干什么?"林方文突然在后面叫我。

我正企图偷看他的隐私。为了掩饰我的无地自容,我把书桌上的东西全扫到地上,把抽屉里的东西也扔到地上。

他竟然没有阻止我。我继续将他的东西乱扔,他站在一角,没有理会我。我将所有东西都扔到地上,筋疲力尽,他依然冷眼旁观。他铁石心肠。我要离开房间,他并没有阻止我,我走出走廊,只觉得全身没有力气,连走一步路的意志也没有。房里依然是一片沉默。我突然很害怕,我一旦离开,我们的故事便完了。

我回头,用尽全身的力气一步一步接近他的房间,我回去了,他仍然沉默。我俯身将地上的东西捡起来。

我突然很看不起自己,为什么我连一走了之的勇气也没有?大嘴巴女人一定不会像我这样。

他突然抱住我,我觉得全身酸软,像受了很大的委屈,号啕大哭,哭得很丑陋。

"如果你不喜欢我,不要勉强。"我说。

"你知道我为什么带你去那里吗?"

"我决定忘记她,我想让你知道。"

他吻我,我闭上眼睛,跟他说:

"我可以……"

我可以跟他睡，愿意跟他睡，义无反顾，即使我们将来不一定会在一起。

"不用。"他说。

他温柔地抚摸我的脸颊说："不用，现在不用。"

我把事情告诉迪之，她像煞有介事地说：

"男人在十八至二十五岁这段时间，会爱上比自己年纪大的女人，是恋母情结，说得粗俗一点，是还没有断奶。"

林方文说他母亲是一个美丽聪明的女人，虽然他已经很久没有跟她说话，但他说起母亲，总是很忧郁的。他会不会像迪之所说，有恋母情结，所以爱上大嘴巴女人？

"他为什么喜欢放荡的女人，男人不是喜欢纯情的女人吗？"我说。

"纯情的女人是天使，放荡的女人是魔鬼，魔鬼总是比较好玩的。"迪之说。

我瞒着林方文，约了迪之和光蕙在画廊对面那家酒吧喝酒，其实是去偷看大嘴巴女人。大嘴巴女人那天没有画画，她站在画廊的落地玻璃前喝水，不是用杯喝水，而是拿着一个有柄的玻璃瓶喝水,那种玻璃瓶可以倒满八杯白开水。

"她很饥渴呢。"迪之说。

"她的嘴巴真的很大。"光蕙说。

"大得容得下我一只拳头。"我说。

"她的样子很特别。"光蕙说,"眼睛大、鼻子大、耳朵大,嘴巴更大,但凑在一起又不太难看。"

"像专门吃少男肉的女妖。"我说。

"所以你的林方文被她吃了!"迪之大笑。

"你笑得很淫。"我说。

"是吗?我真的笑得很淫?"她竟然从皮包里拿出一面镜子照照看,说,"果然很淫,男人喜欢这种笑容。"又说,"你看,大嘴巴女人正在淫笑。"

画廊里,出现了一名男子,大嘴巴女人似乎又换了男伴,也是二十岁出头的年轻男孩子,比上一个更俊朗。

迪之站起来说:"我们上去。"

"上去?"我犹豫。

"怕什么?反正她不认识我们。"

沿着大厦楼梯走上一楼,便是大嘴巴女人的画廊。画廊的面积只有七百多英尺，卖的都是些抽象派的作品，主角多数是人，准确一点说，是一些看起来像人的人。

大嘴巴女人并没有特别注意我们，她正在向一对外籍男女介绍一幅画。俊朗少年沿一道旋转楼梯跑上阁楼。林方文说，大嘴巴女人住在画廊阁楼，可以想象，上面有一张很宽敞很凌乱的弹簧床，是大嘴巴女妖吸收少男精华的地方。

外籍男女并没有买画，离开的时候，那名外籍女子跟大嘴巴女人说：

"再见，费安娜。"

她的名字叫费安娜。油画上的签名也是费安娜。

画廊里只剩下我们，大嘴巴女人费安娜并没有理会我们，我们三个看起来实在不像来买画的。当费安娜从我身边走过的时候，她身上有一股很特别的味道，不像香水，也不像古龙水，是橄榄油的味道，还有一点松节油的气味。

我问迪之："你嗅到她身上的味道了吗？"

"是她的内分泌吧？放荡的女人身上会有一股内分泌失调的味道。"

"胡说！那是画家的味道。"光蕙说，"颜料要用橄榄油调开，画笔要用松节油洗涤。"

"是，正是那种味道。"那种味道使她显得很特别。

"你怎么知道？"我问光蕙。

"孙维栋也画油画的。"

"离开吧，这里没有什么发现。"迪之说。

我在画廊的尽头看到一张画。一个少年站在一条空荡的街上，那个少年是林方文。

"什么？他是林方文？只有一只眼睛，没有嘴巴和鼻子，你也认出他是林方文？"她们不相信我。

"不像，不像林方文。"光蕙说。

"这个根本不像人，像头独角兽，你说这头独角兽是你的林方文？"迪之说。

她们凭什么跟我争论呢？当我第一眼看到那张油画时，我的心怦然一动，我意识到他的存在，他存在于画中，存在于画中那条空荡的街道上。虽然没有一张完整的脸，也没有完整的身体，却有林方文的神韵和他独有的喜欢教人失望的神情。恋人的感觉不会错。

"是他。我肯定这个是他。"我说。

迪之和光蕙还是不同意。

"这幅画要卖多少钱?"我问大嘴巴费安娜。

我要从她手上拿走这幅画,我不要让林方文留在这里。

"你疯了!哪儿来这么多钱?"迪之跟我说。

大嘴巴女人走过来,看见我指着林方文的画,淡然说:

"这幅画不卖。"

"不卖?那为什么放在这里?"迪之跟她理论。

"不卖就是不卖。"

"要多少钱?"我问她。

"我说过不卖。"她回到沙发上,又拿起那个玻璃瓶大口地喝水。

她不肯卖,我无法强人所难,只好离开画廊。一条空荡的街上,只有林方文一个人,那是不是大嘴巴女人的内心世界?在她空虚的心里,来来去去,只有林方文一个人。她只怀念他,她对他,有特殊的感情,跟其他少年不同,他在她的生命里,不是过客,而是唯一可以停留的人。这个发现对我来说,太可怕了。

不久之后，在我兼职的杂志社，我再次见到大嘴巴费安娜。

费安娜穿着一条三宅一生的黑色裙子，好像穿上了一个麻布袋，只露出两只手和两条腿，益发显得像一个女巫，一个品位高雅的女巫。跟她一同出现的，还有一名外籍少年，约莫二十岁，有一双蓝宝石眼睛，脸上挂着开朗的笑容，人很活泼捣蛋。他来到杂志社后，便没有一刻安静下来，不是向女同事们扮鬼脸，便是一屁股坐在别人的办公桌上，拿起桌上的摆设装模作样研究一番。他长得迷人，女人们都舍不得骂他。男人长得好看，也占便宜。

费安娜身上仍然散发着那股橄榄油和松节油的气味。她望了我一眼，在认得和不认得之间，我低头继续校对，没有理会她，我并不希望她认得我。

她要找总编辑李盈，她们在房间里谈话。

摄影师阿钟来了。

"今天要拍照吗？"我问他。

"是的。替一个女画家拍照。"他说。

"是房间里的人吗？"我瞄瞄李盈的办公室。

"就是她，费安娜·罗。下一期的封面人物。"

"她有资格做封面人物吗？"我怀疑。

"当然有。她在巴黎艺术界的名气正在蹿升，巴黎的画廊都抢购她的画。她是天才，二十四岁已经在巴黎走红。一名中国女子，在巴黎走红，绝不简单啊。"

我一直以为，她只是一个卖画和画画的女人，凭着色相推销自己那些不怎么样的画。原来她已经那么出名了。我很难受，宁愿林方文曾经跟一个平凡女人交往，而不是跟一个那么出色和独特的女人相爱。我完全没有把握赢她。

我跟阿钟说："你要不要人帮忙？"

"你对她也有兴趣？"他问我。

我点头。

"那你站在一旁好了。"他说。

费安娜带了几套衣服来拍照，都是三宅一生和川久保玲的。对于衣服，她并不花心思。外籍美少年在其中一些照片中出现。阿钟说，另一批照片会到她的画廊拍摄。

大嘴巴费安娜完全漠视镜头的存在，她摆起姿势挥洒自如，很有格调。经验丰富的阿钟也叹为观止。外籍美少年蹲在她跟前，像个渴求母爱的孩子。林方文是不是也曾经占据她跟前的位置？

我问阿钟："你喜欢这种女人吗？"

阿钟笑着说："她只喜欢少男，我太老了！这种女人，会吸干男人的血。"

拍照完毕，外籍少年替她收拾衣服，她上前谢谢阿钟。

"你很专业。"她对阿钟说。

"你也是。"阿钟说。

她突然望向我："你是不是来买画的那个女孩？"

没想到原来她一直认得我。

"你好像对我很有兴趣。"她说，"可惜，可惜我对女人没有兴趣！"说罢笑了几声。

她竟然把我看成同性恋者！

李盈决定用阿钟在费安娜的画廊拍的照片做封面。费安娜坐在画廊中央，背景全是她的画。在最远处，她画的林方文也被摄入镜头内。

关于费安娜的身世，访问里说，她家境富裕，出身大家庭，有十六个兄弟姊妹、三个母亲，生母是侍妾，也是一位画家，不过所画的，是现实派油画。一位女画家，沦为别人的侍妾，也真是奇怪。费安娜与一些同父异母的兄弟姊妹关系冷淡。十七岁那年，她独自跑去巴黎，是为了追踪一个男孩。此后一直留在巴黎，两年前才回来。

不过，访问中最令人震撼的，是她坦言只喜欢少男：

"十六岁那年，便爱上一个只有十二岁的男孩子，他长得比我还高，很好看，我把初吻给了他。

"十七岁时，爱上了一个十四岁的男孩，他是法国人。他要跟随父母回国，我追去巴黎。第一次，便是跟他。

"到了六十岁，还是只喜欢二十岁的少男。"

除了病态，我实在不知道得用什么形容词来形容她。

李盈问她为什么只喜欢少男，她说：

"我喜欢青春，青春的肉体，青春的脑袋。青春不是日出，不是花开，不是任性，是实实在在的、充满弹性的皮肤。"

我们争夺着新鲜出炉的杂志，费安娜实在惊世骇俗。女人说她可怕，男人说她性感，少男在议论他。迪之在电话里跟我说：

"真是病态！千年女妖！"

我拿了一本杂志给林方文，他看来没有什么特别的反应。

我指着封面上费安娜身后的那幅画,问他:

"这个人是你吗?"

"这个人像我吗?"林方文反过来问我。

"很像你。"

他失笑:"这个人,只有一只眼睛,没有鼻子,没有嘴巴,也不知道是不是人,你还说像我?"

"为什么不肯承认是你?"

"为什么硬要我承认我是这头独角兽?"

"骗人!就凭恋人的感觉,我知道那个人是你。只有恋人,才能捕捉那种神韵,费安娜捕捉得到,我也能捕捉到。"

他沉默,不再跟我抗辩:"你说是我便是我吧!"

他突然问我:"你看过那张画?"

"我在这个封面上看到的。"我说谎。

"不!这个封面不可能看得这么清楚。你曾经跑去费安娜的画廊,对不对?"

"没有。"

"我说你有。"

"你为什么硬要说我有?"我问他。

"恋人的感觉。"他瞟我一眼。

我们两人都忍俊不禁。

"你好奇心太重了。"他望着我摇头。

"是的。我对你的好奇心特别重,尤其关于你的过去。你从来没有告诉我,你和费安娜的过去是怎样的。"我坐在他大腿上说。

"都已经过去了,你这么好奇应该已经查过。"

"你也许是众多男孩子中她最怀念的一个,所以她画你。"

"这是她的自由。"

"是要好的时候画的,还是分手后画的?"

"别问了。"

"答应我,不要再跟她见面。"

"已经没有见面了。"

"也不要到画廊外面偷看她。"

他点头,那是他第一次为我许下承诺。我突然明白,女人为什么总为男人的诺言着迷,因为诺言总是那么令人感动和软化。

不久之后，我碰到林方文的母亲。

那天晚上，我和林方文吃饭，庆祝他拿了稿酬。我们坐下后不久，一对中年男女一同进来餐厅。女的大约有四十岁，留了及肩的大波浪鬈发，妆很浓，五官精致，眉毛很粗。和她一同来的男人，个子矮小，四十多岁，像个生意人。

中年女人看到我们，有些意外，她走上来，在林方文的肩上拍了两下，他看到她，脸色变得暗沉。

"有空回家走走，妈很久没有见到你了。你好像瘦了。"

林方文低头不语。

中年女人对着我微笑："你们是朋友？"

"是的，伯母。"我说。

"大学同学？"她亲切地问我。

"是的。"

林方文一直没有望她。

难怪中年女人的样子似曾相识，原来她是林方文的母亲。他们拥有几乎一模一样的眼睛和眉毛，只是他母亲的一双眼睛，比他多了很多水分，泛着一层光芒，使她看起来很迷人。她便是林方文所说，那位聪明、美丽、经营一家小舞厅的母亲。如果我知道那天会碰到她,我会穿得好一点,我常觉得自己不是可以让男朋友放心带回家见父母的女人,我不是一般父母所钟爱的端庄娴淑温柔善解人意小鸟依人的女孩子。我爸常说我那么蛮横,只适合嫁给父母双亡的男人。

尽管他母亲那样温柔地跟他说话,他也没有抬头望过她。他母亲很难堪,装满水的双眼仿佛要淌下一滴眼泪。

她跟身后的中年男人说:

"我们去另一个地方。"

然后她跟我说:

"有时间来我们家玩,再见。"

"再见,伯母。"

"她走了。"我跟林方文说。

"嗯。"

"她好像很难过。"

他冷笑。

"跟她在一起的那个男人,是不是长得很矮?"他问我。

"是的。"

他又冷笑,笑得很苦涩。

"我们走吧。"

离开餐厅,我一直默默走在他身边,不知道该说什么。

"你回去吧。"他跟我说。

"你要去哪里?"

"别理我!"他叱喝。

"不。我要和你一起。"

他撇下我,走进人群中,我追不上。

我一个人在街上,很失意。如果一个女人无法在一个男人失意的时候留在他身边,她的爱情还值多少分?

也许,也许他跑回宿舍去了,正忧伤地吹奏他父亲留下的口琴。我到了宿舍,他却不在那里。我在房间里等他,他始终会回来的,我希望他回来的时候,会看到我,那是我唯一能为他做的事。

电台播放着他的新歌,是林正平唱的:

> 也许,我们都走倦了,
> 都回到尘世的台上,扮两个过路的人,
> 相遇而不相识,相见而无说话,

第二章 恋人的感觉

重新排演，离离合合的身世……

听到歌词，我很吃惊，为什么他好像已经预知今天晚上的见面？"相遇而不相识，相见而无说话。"正是他和母亲的写照。他在某个角落里，会不会也听到这首歌？

他会不会去了费安娜那里？他失意的时候，到她那里寻求慰藉。她能像母亲那样抚慰他。

是恋人的感觉告诉我，他在费安娜那里。已经是深夜十二点，星期五晚上的兰桂坊，灯红酒绿，男女在街上调情，我跑进那家可以看到画廊的酒吧。画廊里面没有人，楼上有灯光，那是费安娜的寝室。我看到她的影子在屋里走动，好像正在跟一个人说话，我看不到那个人。

那个人突然出现在窗前，一瞬间倒在费安娜的怀抱里，似乎在哭泣。寝室的灯关掉，我什么也看不到。那是林方文，我认得他的影子。

我要在那里等他出现，我要亲眼看着他出来，我要等待那一幕，然后因为那一幕，永远恨他。

那个晚上很漫长。

天亮了，阳光映入费安娜的寝室，寝室里的男子，不是林方文，是我头一次在那里见过的那个少男。那么，林方文呢？

　　我跑回家，林方文在我家楼下等我。

　　"我在这里等了一个晚上，你去了哪里？"

　　他在寻找我。在他失意的时候，他最希望我在他身边。我突然觉得自己很卑劣，我以为他需要费安娜，没有想过，他需要的是我。是我辜负了他，连他的影子我都不认得。

　　"你去了哪里？"他问我。

　　"我去找你，恋人的感觉，第一次出错。"

　　"你以为我去了哪里？"

　　"我在宿舍等你。"我只交代了上半晚的事情。

　　"我该想到你在宿舍等我，我该回宿舍。"他很内疚。

　　他那样说，令我觉得自己更卑鄙。

　　"你第二次把我丢在街上了。"我说。

　　"我回来了。"他说。

　　"或许有一次，你不会再回来。"我说。

第三章

除　　夕　　之　　歌

我常常觉得，

两个人没有可能永远在一起，

结合是例外，

分开才是必然的。

我们都是为终会分开而热烈相爱。

林方文出道一年,第一次拿到属于他的版税,是一个可观的数目。

"你喜欢什么礼物?"他问我。

"不用送礼物给我。"我有点违心,当然希望收到情人的礼物。

他凝视着我,像是看穿我的心事:"你喜欢什么礼物,说吧。"

"你喜欢送什么礼物都好。"我诚恳地对他说。

我一直热切期待那份礼物,并且愈来愈相信,会是一枚戒指。可是,我收到的,不是戒指,而是一把小提琴。

"你为什么送小提琴给我?"我很纳闷。

"你拉小提琴的样子会很好看。"他说。

"但我不会拉小提琴。"

那是一把昂贵的小提琴,他送给我,却不理我会不会用,那是他送给我的第一份礼物,我舍不得浪费它。

"你认识教人拉小提琴的老师吗?"我问迪之。

"你想学小提琴?"她很惊讶。

"是的。"

她在电话那边笑了很久:"你学小提琴?你忘了自己是五音不全的吗?你唱歌都走调。你知不知道小提琴是最容易走调的?"

我对着一面镜子,把小提琴搭在肩上,把弓放在琴弦上,像所有蜚声国际的小提琴家那样,拉得非常投入。

我拉小提琴的样子,真的好看?

迪之很快便替我找到一位小提琴老师。他有二十年教学经验,曾经教出一个年仅八岁的小提琴神童,很多人都慕名拜师。

小提琴老师姓杨,名韵乐。名字倒转来念,是"乐韵扬",跟他的职业很配合。他长得比一个大提琴略微高一些,那也许是他只能拉小提琴的原因。虽然在自己家里上课,但他仍然穿着整齐的西装,举止优雅。他可能是一位美男子——二十年前。我敢肯定他戴了假发,我看不到他有明显的发线。他收取那么昂贵的学费,也不去定做一个品质好一点的假发,太吝啬了。墙上挂满他与学生的合照,他的学生都是小孩子，我肯定是最老的一个。虽然在迪之面前充满自信，但其实我一点信心都没有，我天生五音不全，以为自己一生跟音乐绝缘，想不到竟然会为了一个男人，学起乐器来。

等待的时候，杨韵乐的另一个学生来到，原来我不是最老的一个，那个男孩看上去好像有三十岁那么老，他戴着一副镜片很厚的眼镜，眼睛小得像两颗蚕豆，他至少有两千度近视。我们闲聊起来，我问他为什么来学小提琴，他说跟朋友打赌，要在一年内学会一种乐器。

"在小提琴和二胡之间，我选择了学小提琴。"近视眼跟我说。我认为他做了明智的选择。他那个样子，如果还拉起二胡来，会像失明人士。

"那你为什么学小提琴？"他问我。

"为了爱情。"我甜蜜地告诉一个陌生人。

第一节小提琴课正式开始，杨韵乐很仔细地审视我的小提琴。

"初学者用不着这么好的琴。"他非常惋惜，好像我会糟蹋这把琴。

"就是因为这把琴，我才来上课。"我说。

"好！现在我们开始第一课。我要先告诉你，我很严格，所谓严师出高徒。"

"我什么时候才可以学会拉一首歌？"那是我最关心的问题。

他脸色一沉："我这个不是速成班。"

"你应该——"他说。

我把小提琴搭在肩上，准备照着他的话去做："我应该怎样？"

"你应该先交学费。"

是的，我忘了交学费。杨韵乐倒是一个十分实际的音乐家。

"第一节课，我只教你拉空弦。你试试随便拉一下。"

我把弓放在琴弦上拉了一下，声音十分刺耳，我自己也吓了一跳，杨韵乐却若无其事。他已经见惯这种场面。

"杨老师，我得先告诉你，我是五音不全的。"我跟他事先声明。

"二十年来，我教过无数学生，神童也教出几个，没有人能难倒我。"他高傲地说。

第一节课，我学拉小提琴的基本动作。杨家教室的一面墙全镶上镜子，我看着自己拉小提琴的样子，想象有一天，我会和林方文来一段小提琴与口琴的情侣大合奏。

"你为什么来学小提琴？"他问我。

"为了爱情。"我说。

"好，这个动力非常好。如果没有被抛弃的话，你一定学得会。"他说。

"现在的年轻人真幸福！"杨韵乐叹息，"可以为爱情学一件事情。那时，我为生活而学小提琴。"

"那好。生活是更好的动力。"我说，"如果没有死掉的话。"

我没有把学小提琴的事告诉林方文。我想给他一个意外惊喜。

第二节课，我开始学拉一首歌，是小学一年级时唱的 Twinkle Twinkle Little Star（《一闪一闪小星星》）。我依然走调得很厉害，琴声令人毛骨悚然。

我天天躲在家里练习。

"你……你到底有没有听到自己拉的每一个音符？"迪之问我。

"听不到。"我说,"我是音盲嘛！我只是牢记手法,有点像操作一部机器。"

"你不应该叫作程韵,在你的细胞里,根本没有韵律。"光蕙说。

"你的牙医怎样？"我问光蕙。

"他很好,只是太黏人,天天都要跟我见面。我考试温书,他也要坐在旁边。"

"他爱你爱得厉害嘛。"我说。

"你跟他有没有做那件事？"迪之问她。

"没有！"光蕙郑重地说。

"你呢？"

"没有！"我说。

"你们两个真是圣女贞德。"迪之说。

"你是色欲狂徒。"我们说。

"告诉你们一个好消息,我交了新男朋友。"迪之说,"他是飞车特技员。"

"飞车？"我骇然。

"是的。"她笑靥如花,"他随时会死。第一次见他,是在拍戏现场。他从熊熊烈火中走出来,那个场面真是壮丽。"

"好像拍电影。"光蕙说。

"是啊。事后说起,原来我们在那一刻同时都有感觉。我觉得他好像出生入死来见我一面。"

"开始多久了？"我问她。

"一个星期多一天。昨天刚好是我们相识一星期。"

"这次别冲动,看清楚对方才好。"我忠告她,害怕她又吃男人的亏。

"我知道,你放心好了。别以为他做特技员便很粗鲁,他很细心的,这叫作铁汉柔情。"她抱着我的枕头陶醉得很淫荡。

"陶醉归陶醉,不要把唾液流在我的枕头上。"我提醒她。

"他叫什么名字？"光蕙问她。

"卫安。"

"听起来好像保镖。"我说。

"他的驾驶技术十分好,他曾经在电影里飞越十八辆车。

他告诉我，最大的梦想是有一天能到内地飞越长城。"

"天方夜谭。"我说。

"也不一定没有可能的。"她为他辩护。

"你有没有想过，他的工作很危险，跟消防员、警察和杀手同位列头号危险职业？"光蕙问她。

"最怕没有死掉，却残废了，要你照顾他。你知道吗？你绝对不是一个肯照顾残废丈夫一生一世、无怨无尤的女人。你才没有那么情深义重。"我说。

"我就是喜欢他不能给我安全感。他随时会死掉，因此我们相处的每一刻都充满刺激，都害怕下一刻会成为永诀。每次他离开我身边，我觉得他又回到熊熊烈火里。我从来没有如此断肠地牵挂一个人。我喜欢那种随时会守寡的感觉。"

对于迪之的想法，我并不感到奇怪。她是一个走进电动游乐场，便第一时间询问"哪个机种最危险"，然后立刻跑去玩那种游戏的人。

爱上邓初发，因为他是水上英雄，林正平更不用说，他是天王巨星。只有那个录音室技师是一个例外。那段日子，她太苦闷。

迪之的优点是义无反顾，缺点是经常失手。

"什么时候让我一睹你那位赛车英雄的风采呢？"我问迪之。

"马上就可以！我叫他过来接我，我们一起吃饭。"

卫安驾着他的黑色日本跑车准时来到。他给我的感觉像个穿上好衣服的流氓。

他似乎迫不及待要一显身手，汽车以时速一百八十公里行驶，我和光蕙紧紧抓着门把，不敢说话，只有迪之还可以轻轻松松不停地跟我聊天。

"下个月一号便是金曲奖颁奖典礼，《明天》肯定可以成为十大金曲之一。林放很有机会拿到最佳歌词奖呢，他有没有请你陪他出席典礼？"

"没听他提过。"

"你是他的女朋友，没理由不找你陪他呀！"迪之说。

终于到了目的地，我和光蕙松了一口气。

"我可不愿意跟你们一起殉情啊。"我对迪之说。

林方文的确没有跟我提过颁奖典礼的事，他不会不打算和我一起出席吧？

那一年，我们三个好朋友同样是光明正大谈恋爱，决定一起度除夕，地点我自私地选在卡萨布兰卡，我希望以后每一年的除夕，我和林方文都会在那里度过。

我提醒林方文："这一次，你别再忘记。假使你忘了，送歌给我，我也不原谅你。"

他乖乖地没有忘记。迪之和卫安都穿了黑色皮夹克，十分相称。光蕙和孙维栋一起来，孙维栋穿西装，光蕙穿了一袭隆重的长裙，把头发盘在脑后，看起来很成熟。我和林方文便显得平凡了，不够新潮也不够隆重。

三个男人因为三个女人走在一起，他们其实并没有共同的话题。卫安不断地聊车子，他准备参加澳门格兰披治大赛。孙维栋纠正我们刷牙的方法。他的生活里，原来只有两件东西——牙齿和光蕙。林方文比较沉默，他的沉默在他们之间显得特别可爱。

还有十秒钟便是一九八八年，台上的歌星倒数十秒计时。

"新年快乐！"我们六个人举杯祝愿。

"爱情永固。"迪之高呼。

"女人万岁！"卫安喊着。

"现在是新年,关女人什么事?"迪之笑着骂他。迪之总是爱上智商比她低的男人。

舞台上,一个肥胖的菲律宾女人在唱黑人悲歌,我和林方文在舞池中相拥,我却有难解的心事。还有十几个小时,便是金曲奖颁奖典礼,他仍然没有邀请我一同出席,也许他不想在那个地方公开承认我是他的女朋友。

"明年除夕,我们还会在一起吗?"我问他。

"为什么不会?"他说。

我常常觉得两个人没有可能永远在一起,结合是例外,分开才是必然的。我们都是为终会分开而热烈相爱。

肥胖女人离开了舞台,一个小提琴手上台表演,琴音凄怨,并不适合那个晚上。

"这是《爱情万岁》。"林方文告诉我。

那一刻,我真想告诉他我正在偷偷学小提琴,而且无数次想过放弃,我好想抱怨他送了一把小提琴给我,害我受了许多苦,然而,台上的人在拉奏《爱情万岁》,当爱情万岁,还有什么应该抱怨的呢?

离开卡萨布兰卡,迪之提议去舞厅,看见我和光蕙都没有表现出多大的兴趣，她才机灵地说："现在应该是两人世界的时刻了，我们分道扬镳。林方文，明天要拿奖呀！我会来捧场！"迪之对林方文说。

我们坐在海边，等待一九八八年的日出，伴着我们的不是《明天》，而是沉默。

是我首先忍不住开口："要不要我陪你去？"

他从口袋里拿出那部随身听，把耳机挂在我的头上，是一首新歌。

> 如果情感和岁月也能轻轻撕碎，扔到海中，
>
> 那么，我愿意从此就在海底沉默。
>
> 你的言语，我爱听，却不懂得；
>
> 我的沉默，你愿见，却不明白……

"每年今日，我都会送一首歌给你。"他说。

我凝望着他，眼泪夺眶而出："我真恨你。"

"为什么？"

"因为我再也离不开你了。"

"女人真是奇怪。"他说。

"如果每年有一首歌,我的一生里,最多只可以得到六十首歌。"我说。

"也许是八十首。"他说。

我摇头:"不可能的,我不可能活到一百零一岁。"

原来穷我一生,顶多只能从他手上得到六十首歌,或许更少。那个数目,不过是五张激光光碟的容量。我们的爱情,只有五张激光光碟,太轻了。

"不。以后你写的歌,都要送给我。"

"贪婪!"他取笑我。

"今天晚上真的不用我陪你去?"我问他。

"我不希望你和我一起面对失败。"

"我没想过你是个害怕失败的人。"我说。

"我是一个害怕失败,所以才努力的人。"

"你会赢的,我在家里等你。"

整件事情,本来是很好的,偏偏在下午,我接到迪之的电话,她告诉我,她有颁奖典礼的门票。

"你要不要来？"

"不。我答应了在家等他。"

"怎比得上在现场亲眼看着他领奖好呢？"

"他不希望我去。"

"你不要让他看见便行。如果他赢了，你马上就可以给他一个意外惊喜。七点整，我和卫安来接你。"

我不知道是否该去，如果我在现场，可以与他分享胜利，也可以替他分忧，我还是去了。

我和迪之、卫安坐在场馆内第三十排。为了不让林方文看到我，我是在节目开始后才进场的。我在场内搜索林方文的背影，他坐在第六排，与几个填词人坐在一起。我们的距离是二十四排。

最佳歌词奖没有落在他手上，而是落在他身旁那位填词人手上。我没想到，他在跟那个人握手道贺时，会突然回头，而刚好与我四目相对。那一刹那他很愕然，随即回过头，没有再望我。那二十四排的距离，突然好像拉得很远很远，把我们分开。他一定恨我看着他落败。

颁奖典礼结束，他跟大伙儿离开，没有理我。

我觉得后悔,但于事无补。我在宿舍等他。他天亮之后才回来。

"对不起,我不该在那里出现。"我说。

"我们分手吧。"他低着头说。

"为什么?就因为昨晚的事?"我有些激动。

"不。"他说,"我没有介意你在那里出现。这件事不重要。"

"那是什么原因?"

"你需要大量爱情,而我也许无法提供。"

"我不明白你的意思。"

"跟你谈恋爱是一件很吃力的事。"

"吃力?"

我无法接受那个理由,我觉得很可笑。

那一刻,我很想扑到他怀里,求他收回他的话,然而,我做不到,我不可能连最后一点自尊也失去。我突然很恨他。有生以来,我第一次尝到被抛弃和拒绝的滋味。原来多少往日的温柔也无法弥补一次的伤害。

我坐在他的床上,号啕大哭,我想坚强一点,但办不到。

"不要这样。"他安慰我，他有点手足无措。

"除夕之歌的承诺，不会再实现了，是吗？"我问他。

他默然。

"我送你回家。"他说。

"不用，我自己会走。"我倔强地离开他的房间，也许从此不再回去。除夕之歌不过是偶然兑现的谎言。

那天晚上，是迪之和光蕙陪着我。

"幸而你还没有跟他上床，即使分开，也没有什么损失。"迪之说。

"不，我后悔没有跟他上床，如果这段情就这样结束，而我们从未有过那种关系，是一种遗憾。"

"我也这样想。"光蕙说，"好像当年我想和老文康在离别前发生关系一样。我们都是完美主义者。"

"如果在他的生命里，我是一个没有跟他上过床的女人，我害怕他不会怀念我。"我说。

"男人不一定会怀念跟他上过床的女人。"迪之说，"难道林正平会怀念我吗？你们别那么天真。"

"我不了解他。我不知道自己做错了什么。"我说。

"谁教你爱上才子,才子都是很难捉摸的呀。"迪之说,"不用这样悲观。也许过两天,他会找你。很少人可以一次分手成功的。"

有好几天,我没有上课,刻意避开他,希望他会牵挂我,但已经五天了,他没有找我。

林方文也在回避我。分手后第十四天的黄昏,我们终于在校园里遇上。

"你好吗?"他关切地问我。

我望着他,心头一酸,泪都涌出来。

他连忙安慰我:"别这样。"

"你是不是爱上了别人?"我问他。

他摇头。

"可不可以不分手?"我哀求他。

他默然不语。

我行使被抛弃的女孩的权利,使劲地将手上的书本、钱包等所有东西掷到地上。

他俯身要替我捡起地上的东西。

"你走！"我叱喝他。

"你走！"我再说一遍。

他走了。我蹲下来，收拾地上的东西。我的生命已经失去所有希望。

那天晚上，我继续到杨韵乐那儿学小提琴。本来是为了林方文才学小提琴，如今被抛弃了，应该放弃才对，可是，我舍不得放下他送给我的小提琴，它是我们之间仅余的一点联系。如果我们之间是一首歌，它便是余韵，是最凄怨的部分。

在杨韵乐那儿，我碰到近视眼。

"你学得怎么样？"他问我。

"很差劲。"

"我也是。"他说，"你不是为了爱情而学的吗？"

我苦笑。我想起杨韵乐第一天跟我说的话，他说，爱情是很好的动力，如果没有被抛弃的话。

杨韵乐教我拉一首小夜曲，我一向走调，那天心情又差劲，走调更厉害。

杨韵乐忍无可忍地说："你拉得很难听。"

我没有理会他，使劲地拉，发出非常刺耳的声音，杨韵乐瞠目结舌，近视眼用双手掩着耳朵。

我要虐待他们！我要向男人报复。

林方文在除夕送给我的歌《片段》已经流行起来，我常常在电台听到，歌词说：

> 如果情感和岁月也能轻轻撕碎，扔到海中，
> 那么，我愿意从此就在海底沉默……

歌在空气中荡漾，我们却从此沉默。

他常常缺课，我不敢缺课，我望着教室门口，痴痴地希望他会出现。当他出现，我们却无话可说。我们已经分手四个星期，我体会到什么叫作度日如年。我继续学小提琴，用走调来虐待自己和杨韵乐，谁教他是男人？他收了我的钱，让我虐待也很应该。

一天晚上，我接到迪之的电话，她在电话里哭得很厉害，我赶去看她。

迪之一个人在酒吧喝酒。

"什么事？"我问她。

"我要和卫安分手。"

我有些意外，却又无耻地有些开心，以后我不会再孤单，有迪之陪我。

"原来他有女朋友，而且是青梅竹马的女朋友，他们同居。"迪之说。

"你怎么知道？"

"我认识那个女人。她是我公司里的同事。"

"这么巧合？卫安真大胆！"

"她是公关部的，我跟她不熟，今天偶然一起吃午饭，她打开钱包拿钱，我无意中在她的钱包里看到卫安的照片。她告诉我，她的男朋友是特技员。刚才我质问卫安，他承认了。"

"你打算怎样？"

"我不会放手的。"

"你刚刚不是说要跟他分手吗？"

"我不甘心。"

"我爱卫安,卫安也爱我。他跟那个女人已经没有感情,不过是责任罢了。"

"他说的?"

"嗯。"

"你跟他在一起只有三个月,他女朋友跟他青梅竹马。"

"爱情不能用时间衡量。"

"你总是喜欢向难度挑战。"

她倔强一笑:

"你跟林方文有机会复合吗?"

"不知道。"

"他是个怪人,爱上那个千年女妖也真够怪,对他来说,你也许太正常。"

我正常?我应该是正常的。想不到当一个人被抛弃,正常也是一种罪过。

迪之对卫安比以前更好,她想赢那场战争。做第三者和做寡妇都很凄美,她喜欢。那天跟他们喝下午茶,迪之看见一个很可爱的小女孩,便嚷着也要跟卫安生一个孩子。

"好呀,只要你喜欢。"卫安说。

"你说我跟卫安生一个女孩子叫什么名字好呢?"她问我。

"卫生棉。"我说。 我巴不得捏死他们俩。

跟他们分手后,我到杨韵乐那里学小提琴。 我没有想过要虐待他,我用心地拉,想为我消逝的爱情尽最后的努力。 但,我做不到,我根本不是那种材料。

杨韵乐深深地叹了一口气:"我宣布投降。 教学二十年,从未遇过像你这种无可救药的学生,你不正常。"

他说我不正常?迪之说我太正常。

我突然感到莫名的愤怒,我无法再勉强自己,也无力为爱情做些什么。 我抱着小提琴,跑回大学,冲入林方文的房间,他刚好躺在床上,我把小提琴使劲地扔向墙上:

"还给你!"

林方文很愕然。 我意犹未尽,拿起小提琴,在他面前不停地拉。

"是不是很难听?"

我拉奏杨韵乐教我的《友谊万岁》,是最浅的一首乐曲,有三分之二的地方,我是走调的。

"《友谊万岁》?"他问我。

"真本事,就凭三分之一,你便听出这首歌。"我凄然苦笑,"为什么送一把小提琴给我?我学不成。"

"这只是一份礼物。"他说。

"是的。是我自作多情。"我把小提琴掷在地上,冲出他的房间。

我突然明白,他为什么说爱我是一件很吃力的事,我对他的要求太多。他并不是责怪我在颁奖典礼出现,而是再一次明白,我不会给他自由。

把小提琴还给林方文的第二天,我接到韦丽丽的死讯。她在师范学院的运动会上,被一名掷铁饼的女运动员所掷出的一块强而有力的铁饼击中后脑,当场脑出血,送到医院,经过一个小时的抢救,终告不治。

除了叶青荷和刘欣平在外地不能回来之外,排球队的队员都来了。宋小绵实习的医院,正是丽丽被送进去的那一家。她死了,也是小绵照护的。小绵说,丽丽的后脑勺整块凹进去。

丽丽的母亲坐在灵堂上，神情木然，反而那个掷出铁饼误杀丽丽的庞然巨物哭得死去活来。

我没有想过在我们这个年纪已有人死去。在我们追逐美好青春的时候，已经有人退出。她可以生病，可以发生交通意外，为什么竟会是一块铁饼那么荒谬？听说她被击中之前，刚刚在颁奖台上拿了女子四百米个人冠军，离开颁奖台不久便遭逢意外，死得那么突然，她死时的表情一定还很高兴。

丽丽的遗体下葬在华人永远坟场，丽丽母亲选了丽丽一直保留着的保中女排的球衣和一个排球陪葬，我们在排球上签名。我看着躺着丽丽遗体的棺木埋在黄土里，第一次觉得与死亡如此接近。丽丽唯一的亲人是她母亲，我没有见过她父亲，我想起她家里连一点属于男人的东西也没有，也许她从未见过生父，却已经回到尘土里。

我和迪之、光蕙在一起，我们都很害怕。一个曾经和我们很接近的人突然死了，感觉很可怕。

"我不敢回家。"迪之说。

"我想起那块染血的铁饼便会做噩梦。"光蕙说。

"生命很脆弱的。"我说，"人那么聪明，却敌不过一块铁。"

"所以要爱便尽情去爱。"迪之说。

"是的,即使错了又何妨?"光蕙说。

丽丽的死,在我们心里造成了一个很大的震撼,整个晚上,我们只说过几句话。生命无常,迪之赶去见卫安,光蕙要找孙维栋陪她,我突然很想见林方文,很想很想留在最喜欢的人身旁,寻求一点安慰。有一天,死亡会将我们分开。

我穿过宿舍长廊,轻轻敲他的房门。

林方文来开门,我望着他,不知怎样开口,他望着我,目光温柔,我扑到他的怀中,紧紧地拥着他。有一天,死亡会将我们分开。

"韦丽丽死了。"我呜咽,"她在运动会上被一块铁饼打中后脑。"

"我从报纸上知道了。"他说。

"我很害怕。"

他把我抱得紧紧,给我温暖,我突然觉得,他又回到我身边了。

"我很挂念你!"我对他说。

"我也是。"他说。

我喜出望外，在他怀里痛哭。

"别哭。"他把我抱得更紧。

"你不是已经不爱我了吗？"我问他。

"我从来没有这样说过。"

"你也从来没有说过爱我。"我说。

他吻我，我抱着他的头，不肯让他的舌头离开我的口腔。他把我拉到床上，我一直闭着眼，不敢睁开眼睛看他。他脱去我的衣服，我后悔没有穿上新的胸罩，而且胸罩的款式和内裤并不搭。如果能预知那个场面，我会穿得好一点。

那一刻正是晚上十一点五十五分，电台刚好播放林方文在一九八六年除夕送给我的《明天》：

> 因为你，我甘愿冒这一次险，即使没有明天……

第一次经历很蹩脚，并没有成功。迪之说她跟邓初发试了很多次才成功。我和林方文看来都是失败者，我们终于忍不住在床上大笑起来。

我想起那把小提琴,那天,我把它掷在地上。

"小提琴呢?"

"烂了。"他说。

"能修补吗?"

"形状都变了,无法修补。"

"烂了也还给我。"

"不能拉的小提琴有什么用?"

"纪念。纪念一次分手。"我说。

"我已经把它扔掉了。"

我很懊悔,我喜欢那把小提琴。

我把和林方文复合的事告诉迪之。

"唉!"她叹气,"你有被同一个人抛弃多次的危险。"

"才不是呢!我是特意跟他重修旧好,然后再由我向他提出分手。"

"真的?"

"我真的这样想过。我想,无论如何要跟他和好,然后主动提出分手。首先提出分手的那个人,一定会比较好受。"我说。

"当然啦！我向邓初发提出分手的时候，心里只是难过了一阵子。被人抛弃的话，即使不太爱他，还是会很伤心的。所以，我以后要做首先宣布的那一个。"迪之说。

吃过午饭后，我跟迪之去逛百货公司。我想起昨天穿的胸罩令我有点尴尬，决定要买一些新的。

"我想买胸罩。"我说。

迪之不怀好意地望着我。

"干吗这样望着我？"

"你是不是跟林方文上了床？"

"还没有成功。"我说。

"猜中了！"她淫笑，"女人不会无缘无故买新胸罩的，一定是想穿给男朋友看。"

"没有男朋友也要用胸罩呀。"

"没有男朋友的话，只穿给自己看，不会那么讲究的。"她随手拿起一个透明胸罩给我，"这个很性感，一定迷死人。"

"太暴露。"

"不暴露有什么意思？"她又拿起一个白色蕾丝胸罩，"这个吧！纯情中带点性感。"

"这个扣子在前面。"我说。

"扣子在前面最好。"她又淫笑,"他要在前面解开扣子,肯定令他心跳加速,卫安最喜欢。"

"既然卫安喜欢,你买吧!"我跟迪之说,"我喜欢款式简单的。"

"女人的内衣本来就是穿给男人看的。"迪之说。

我们在试衣间一起试穿胸罩。

"你打算继续做第三者吗?"我问她。

"当然不是,他会跟她分手的,他要我给他时间,你以为我喜欢做第三者吗?每次跟我上床之后,他都要回到那个女人身边,我觉得很痛苦,我曾经想死。"

"你别做傻事。"

"我想想罢了,可没有这种勇气。我现在想到更积极的方法。"

"什么方法?"

"我要他每天和我上床,把他弄得筋疲力尽,他回到那个女人身边,已经什么都不能做了。"

我们背对背,笑得蹲在地上。

我穿了一个白色棉质胸罩站起来。

"这个好看吗？"我问她。

她用手指在我的乳房上按了几下，说："很有弹力，不错，不错。"

"我是说我的胸罩，不是胸部。"我也用手指在她的乳房上大力按了几下，"不错，不错，弹性很好。"

我端详镜子里的迪之，她的乳房丰满，尺码是34C，腰肢纤细，臀部浑圆，双腿修长，果然迷人，我也看得有点心动。

"你的身材很迷人。"我说。

她突然有些伤感："这是男人喜欢我的原因吗？"

我怜惜地望着她："不，你是一个好女孩。"

"是吗？连我自己都怀疑，我已经跟四个男人上过床了。"

"所有为爱而做的事，都不是坏事。"我说。

几天后的一个晚上，林方文约我在宿舍见面。在走廊上，我听到幽怨的小提琴音乐，是从他的房间里传出来的。他说小提琴烂了，原来是骗我的。他一直没有告诉我，他会拉小提琴。

我推开房门，看见他陶醉地拉着小提琴，他含笑望着我，当他放手，我仍然听到小提琴的声音，原来书桌上放着一个大约一英尺高的瓷像老人。老人头发斑白，心事满怀，肩上搭着一把小提琴，手上拿着弓，弓在琴弦上拉动，发出幽怨的琴音。

"好漂亮！"

"这把小提琴无法修补，唯有送一个音乐盒给你，它是不会走调的。不要再摔烂。这是纪念我们没有分手的。"

"你在什么地方买的？"

"古董店。你记得这首歌吗？"

我觉得似曾相识。

"除夕晚上我们在卡萨布兰卡听过的。"

"《爱情万岁》？"

"埃尔加在一八八八年，写这首歌送给他的未婚妻作为订婚礼物。"

"一八八八年，正好是一百年前。"

"我们正在聆听一百年前一对恋人的海誓山盟。"林方文说。

"如果小提琴家还在世,应该比这个瓷像老人更老。"

"已经老得不能拉小提琴了。"

"当我们也这么老了,会做些什么事?"我问他。

"我仍然为你写除夕之歌。"

他解开我衣服的纽扣,把我抱到床上,试图从后面解开我的胸罩,但胸罩的扣子其实在前面,在那个时刻,我不好意思主动告诉他扣子在前面,只期望他会发现。他终于发现了,但几经努力还是解不开扣子,都是迪之不好,说什么扣子在前面最性感,弄得我闭上眼睛不敢望他,怕他因为自己的笨拙而尴尬。"啪"的一声,他终于成功解开扣子,脸贴着我的乳房,我们以相同的频率呼吸和摆动身体。

然后我们相拥而睡,我觉得我好像完成了一件很伟大的事,觉得有点失落,却开始怀疑,我是否做对了。

他送我回家,回家路上,他一直牵着我的手。他走了,我在床上想起一百年前的海誓山盟,他没有告诉我,小提琴家和他的未婚妻是否一起终老。

第二天,我告诉迪之,我做了那件事。

"真的?"她好像比我还要兴奋。

"我突然很想避开他。"

"女人有第一次事后抑郁症很正常。"迪之说,"到了第二次、第三次之后,你便不会这样。"

我不知道他是爱我,因此跟我上床,还是单纯爱我的肉体。

晚上,接到林方文的电话。

"你去按开音乐盒。"他说。

我照着他的话做了,瓷像老人拉奏《爱情万岁》,电话彼端,林方文用口琴和音。

我抱着电话,身体渐渐失去平衡,从床沿滑落到地上。

"你爱我吗?"我问他。

他在电话彼端吻我。

在蒸汽浴室里,迪之望望我,然后望望光蕙,踢了她的脚一下。

"现在只欠你一个。"

"什么只欠我一个?"光蕙问她。

"你还没有跟孙维栋干那件事。"

"我不急你急？"

"他是不是信教的？反对婚前性行为。"迪之问她。

"不是。"光蕙说。

"不可能啊，除非他性无能。"迪之说。

"你去试试他。"光蕙说。

我和光蕙笑得喘不过气来。

"这种话你也能说出口？"迪之骂她。

"你不相信这个世界有柏拉图式的恋爱吗？"我问迪之。

"有！一个性冷淡的女人跟一个性无能的男人，就是柏拉图式恋爱。连你程韵都不可能啦！对不对？"迪之说。

"孙维栋的样子不像性无能。"我说。

"单看样子怎么知道？要脱掉裤子才知道。"迪之说。

"女色魔！"我们骂她，合力扯掉她身上的大毛巾。

"他是医生，医生都比较保守。"我说。

"医生又不是圣人。"迪之说。

"你的卫安一定很……很厉害吧？"光蕙问迪之，她在还击。

"他嘛……"迪之淫笑，"他是玩特技的嘛，当然比普通男人厉害。"

"难道他会在床上表演特技？"我取笑她。

"糟了！我今天忘了吃避孕药。"

"避孕药？你吃避孕药？"我们惊讶。

没想到迪之已经开始吃避孕药。

"上个月才开始吃的。"她说。

"听说吃避孕药有很多副作用，譬如痴肥。"光蕙说。

"我没有痴肥啊！"迪之说，"副作用倒是有的，我的乳房比以前丰满。"

"谁教你吃避孕药的？"我问她。

"卫安教的，避孕药其实是保障自己，你要不要吃？"

"不。我觉得吃避孕药好像是为上床做准备，做这种准备似乎太刻意。"

"你每次都没有做准备？"她惊讶地问我。

"不，我不是这个意思。"

其实，我的意思是我不想做一个随时预备交配的女人，但那样说，可能会伤害迪之，所以我不想解释。我以为性不是一段爱情主要的目的。

"我想开一个小型生日会。"从蒸汽浴室出来的时候,迪之跟我们说。

"几天前,才发现我这么大个人从来没有开过生日会。我很想有一个生日会,而且今年的生日有特别的意义。"

"为什么?"我问她。

"他答应我,在我生日之前,会跟她分手。所以,我要开一个生日会,庆祝他完全属于我。"

迪之的生日会在一家舞厅里举行,她穿了一条红色紧身迷你裙,身段迷人,她的胸部果然比以前丰满,她也许不会放弃吃避孕药了。卫安以男主人的身份出现。光蕙和孙维栋一起来,我则是单枪匹马,林方文不喜欢这种场合,我已习以为常,替他找个借口开脱。小绵也来了,上一次我们见面,是在丽丽的葬礼上,愁苦又变成欢乐。

跳舞时,迪之高声在我耳边说:"卫安跟那个女人分手了。"

"真的?"

"别忘了我给他的最后限期是今天。"她露出胜利的微笑。

她快乐得搂着我和光蕙一起跳贴身舞。虽然我不认为卫安是一个好男人,然而,看到迪之竟然胜出,我为她高兴。

当我们不再年轻,便不再容易在爱情游戏中胜出。

迪之的生日蛋糕很漂亮,是一座迪士尼城堡。城堡内,有白雪公主和米奇老鼠。

迪之依偎着卫安说:

"我舍不得把它切开。"

就在那个时候,一个穿着黑色衬衫和宽版裤子,身材娇小,头发凌乱的女人走进来,突然一手插在蛋糕上,迪士尼城堡倒塌了,白雪公主和米奇老鼠也倒下了。

卫安捉住她的手,骂她:"你疯了?"

那个女人用力挣脱,手上的奶油溅到迪之的脸上,卫安的双手也沾满了奶油。

"不要理我!"那个女人向卫安咆哮。

"你不是已经跟她分手了吗?"迪之质问卫安。

卫安强行把那个疯癫女人拖出去,那个女人回头对迪之说:"他不会跟我分手的,他玩弄你罢了!"

我替迪之抹去脸上的奶油,她拿起一瓶白葡萄酒高叫:

"喝酒!谁跟我喝酒?"

"别喝!"我说。

"我跟你喝！"光蕙拿来酒杯。

"果然是我的好朋友！"迪之拥着光蕙，两个人碰杯。

我和孙维栋面面相觑，光蕙发什么神经？竟陪她喝酒。

孙维栋制止光蕙："好了，不要再喝。"

光蕙甩开他："别理我！今天晚上我要陪迪之，你先回去。"

"我要喝白兰地！"迪之说。

"我陪你喝！"光蕙说。

孙维栋站在那里，很尴尬。

"你先走吧，这里有我，我们今天晚上要陪着迪之。"我跟他说。

"好吧，那我先走。"

小绵要回医院值班，其他人都先后离开，卫安一直没有回来，他大抵仍然跟那个女人纠缠。我觉得那个女人很可怜，她看来二十八九岁，样子不是很漂亮，跟了一个男人十几年，他移情别恋，她便落得这步田地。她付不起失去他的代价。连失去卫安的代价也付不起，实在可怜。

迪之想吐，连忙冲进洗手间，她在里面吐了一地，光蕙吐在我身上。

"男人都不是好东西!"迪之哭着说。

光蕙对着我惨笑:"孙维栋是性无能。"

我着实很震撼,从来没有想过会有男人是性无能的。本来一连串关于性的问题,该由迪之来发问,但她已经醉得不省人事。

"你怎么肯定?"

"我们不是一直没有发生关系,是一直以来他都无法做到。起初他说因为紧张,后来我发现根本不是那回事。"

"他有没有看过医生?"

"这是男人的自尊,不能问他。"光蕙说,"我在他家里发现过一些药物,但装作不知道。"

我不知道说什么好。

她苦笑:"我早就应该知道,这么好的男人,不会轮到我,除非他有问题。"

"你打算怎样?"

"如果我真的喜欢他,也许不会介意,但,我并不像自己所以为的那么喜欢他。"

"我一直以为你喜欢他。"

"我喜欢他,是因为他是医生。我比迪之虚荣很多。我不断说服自己,我喜欢他,不是因为他是医生,但,我愈来愈无法忍受不断听他说牙齿和他的病人。如果他不是医生,不是有很好的收入,我一定会离开他。从小我妈便跟我说,不要嫁给没有钱的男人。但,钱却买不到快乐。"

我突然很想告诉光蕙,其实我也很虚荣,只是我们三个人的虚荣不同。迪之要一个让她觉得威风的男人,我要一个才华横溢的男人,才气也是一种虚荣。

"如果不喜欢他,干脆跟他分手吧。"

"我怎样才可以让他相信,我跟他分手,不是因为他性无能,而是我们合不来?"光蕙说,"无论怎样解释,他也不会相信,我觉得这样做很残忍。"

当时的情景很荒谬,迪之挨在马桶旁边,语无伦次,光蕙告诉我她没有爱过孙维栋,而我忙于清理她俩吐在我身上的秽物。不久之前,我们还在蒸汽浴室里,快乐地谈论我们的男人。

"程韵,带我离开这里,我不要看到卫安回来。"迪之说。

我正担心卫安不回来，我如何带她们离开。现在只剩下一个办法，就是找林方文来。

林方文答应马上过来。我首先把她们两个从洗手间挪出来，再分别挪到我们刚才开生日会的包厢里。卫安跟舞厅的人很熟悉，生日会的开支，他们会把账单交给他。迪之很慷慨地拿了五百元给递上热毛巾的服务生。

光蕙依偎在我身上，迪之紧紧抱着我，我抱着她们，想起那些没有爱情的日子，原来是最无忧无虑的。等林方文来的时候，我喝了一点酒。我也许是三个人之中最幸运的一个，林方文没有青梅竹马的女朋友，也不是性无能。

他来了，看见我脸上的红晕，问我：

"你也喝了酒？"

"我陪她们喝。"

他扶起迪之。

"我们去哪里？"我问他。

"送她们回家。"

"我不回家。"迪之紧紧地捉着林方文。

我扶着光蕙，他扶着迪之，到舞厅对面的酒店，订了一个房间安顿她们。

迪之依偎在林方文怀里,他们两个,看起来像一对情人,我突然很嫉妒,但又觉得不应该嫉妒。迪之是我可怜的好朋友,我该借一点温暖给她。

林方文把迪之放在床上,我把光蕙放在她旁边,让她们两个相拥而睡好了。

"为了什么事?"林方文问我。

"男人!"我倒在床上。

他躺在我身边,抓着我的手,我问他:"我是不是最幸福的一个?"

他轻轻扫扫我的脸颊,我在他身边迷迷糊糊睡着了。

第二天清晨,迪之的传呼机响起,把我们吵醒。

"卫安传呼我。"她说。

"你再找他,我便不理你。"我跟她说。

"我要见他一次。"

她叫卫安到酒店接她,真是死性不改。

我们把光蕙送上出租车,她和孙维栋之间的事,谁也帮不上忙。

当天晚上,我接到迪之的电话。

"我把车开上人行道,撞倒一棵大树。"

"你有没有受伤?"我吓了一跳。

"没有。卫安的车车头全毁,他被我吓得魂飞魄散,我故意的。"

"你知不知道这样很危险,可能会死的?"我斥责她。

"那一刻,我倒想跟他一起死。但,从警察局回来,我不断想起他的脸,他算什么?我会蠢到为他死?"

"你总算想通了。"

"昨天我醉了,光蕙到底发生什么事?"

"孙维栋是性无能。"

迪之在电话那边大笑:"我猜中了!稍微好一点的男人,却是性无能,真好笑。"

迪之失恋,我也好不到哪里去,她整天缠着我和林方文。

那天晚上,我和林方文陪她吃过晚饭,她又缠着要我们陪她去舞厅。我和林方文都不爱跳舞,她自己在舞池里跳了一会儿,有几个男人跟她搭讪,她回来跟我说:

"借你的男朋友给我好吗?"

"你拿去吧。"我说。

她拉着林方文的手,把他带到舞池里,双手放在他的脖子后面,脸贴着他的肩膀,身体贴着他的身体,她把他当作她的男人,我开始嫉妒。

三首慢歌之后,换了一首快歌,迪之拉着林方文的手,把他带回来:"这个男人还给你。"

"你可以为我写一首歌吗?"她问林方文,"你不是每年除夕都为程韵写一首歌的吗?"

我觉得她有点过分。

林方文笑着没有回答。

"你比我有福气。"她苦涩地笑,然后独个儿回到舞池里。

我和林方文相对无言,那一夜开始,我知道迪之对林方文有不寻常的感情。

几个星期后的一天晚上,我和同学在大会堂看话剧,散场后,碰到卖番薯的小贩,我买了三个,放在大衣里保温,拿去给林方文,我想给他一点温暖。

到了宿舍,我发现迪之竟然在他的房间里,她坐在他的床上吃蛋糕。迪之看见我,连忙站起来跟我说:

"我经过饼店,看见还有一个起司蛋糕,立刻买来跟你们一起吃,我以为你也在这里呢。"

"我去看话剧。"我绷着脸说,"我买了烤番薯。"我从大衣里拿出三个热烘烘的番薯放在桌上。

"真好!一直想吃烤番薯。"迪之把那个起司蛋糕推到一旁,"还热着呢,我拿一个回家吃,可以吗?"

"随便你。"我冷冷地说。

"谢谢,我走了,再见。"她从我身边走过,没有看我。

"起司蛋糕好吃吗?"我问林方文。

他望着我,说:"她是你的好朋友。"

"正因为迪之是我的好朋友,我才了解她,她想找一个男人报复。"

"你以为我会吗?"林方文问我。

我跑去追迪之。

"迪之!"我在后面叫住她。

她回头看我的时候,正流着泪。

"对不起，我不是故意的。"她啜泣。

"对不起。"我说。

"我很孤独。"她流着泪说。

"我明白。"

"我跟林方文之间没有发生事情。"她说。

"别傻，我相信你。到目前为止，他还是一个好男人，不要找他做报复对象，好不好？"我也忍不住流泪。

"我不想的。"她说，"我恨男人。"

"我知道。"

"我没事了，你回去吧。"迪之说。

"不，我跟你一起走，我们住得很近，你忘了吗？我们很久没有一起回家了，你在这里等我，我进去拿书包。"

"迪之怎么样？"林方文问我。

"如果不是先遇上我，你会喜欢她吗？"我问他。

他失笑。

"回答我。"我说。

"不会。"

"真的？"

"早知道你不会相信。"

"我陪迪之回去。"我跟他吻别。

那一夜很冷,迪之没有穿大衣,我让她躲在我的大衣里。

"我暂时借温暖给你。"我说。

"比不上男人的体温。"她说。

"死性不改。"我骂她。

迪之请了一个星期的假,去南丫岛住。每次被男人伤害之后,她便跑去找邓初发,邓初发是她的庇护所。

光蕙约我吃饭,没想到她把孙维栋也带来。她对孙维栋的态度和以前有很大分别,她对他呼来唤去,他跟她说话,她还摆出一副厌烦的样子,孙维栋却逆来顺受。

在洗手间里,我问她:

"你不是说要跟他分手吗?"

"说过了,他在我面前哭,求我不要离开他。"

"如果你不喜欢他,为什么还要拖泥带水呢?"

"我寂寞。"

寂寞最霸道,可以成为伤害任何人的借口。一个男人,泥足深陷地爱上一个不爱他的女人，注定要放弃自尊。

"如果我找到另一个男人，便会跟他分手。"光蕙说。

"你这样是精神虐待他。"

"没办法，是他自愿的。"

我跟他们分手的时候，孙维栋找到一个机会紧紧握着光蕙的手，可以握到了，便好像很快乐。光蕙的脸，却没有任何表情。他愈抓紧她，她愈厌弃他。

迪之从南丫岛打电话给我，她说天天在岛上晒太阳。

"邓初发好吗？"

"好！他看见我便开心。"

邓初发和孙维栋真是一对难兄难弟！邓初发已经康复过来，但迪之是他心里的一根刺，常常刺痛他，他却舍不得拔掉。孙维栋还在苦海浮沉，拿着一根钉不断地刺向自己胸口。谁教他们爱上害怕寂寞的女人？

林正平唱红了林方文的歌，林方文的歌也让林正平更红。林正平很喜欢他，想把他据为己有，于是提出成立一个工作室的构想。他是大股东，小股东除了林方文之外，还包括林正平的唱片监制——一个有严重黑眼圈的同性恋，还有林正平的经理人丘正立，他以前是弹钢琴的，据说他也是同性恋。

这个由四个股东组成的工作室，有两个是同性恋者。据迪之说，林正平偶尔也玩玩男人，那么，林方文是唯一绝对的异性恋者了。我真怕他受不住那份阴阳怪气。

"放心，我不会变成同性恋的，我只喜欢女人。"林方文跟我说。

"我怕你一个敌不过他们三个。"我笑着说。

"他们都是很有才华的人，我喜欢跟有才华的人合作。"

工作室的工作很忙，许多时候他都无法上课，我只好替他做功课。我见他的时间也愈来愈少，那个有严重黑眼圈的唱片监制晨昏颠倒，爱拉着林方文在晚上工作。好不容易他坐下来跟我吃饭，他们却不断传呼他去喝酒，他们好像想跟我争男朋友。

"你已经很久没有上课了。"我跟林方文说，"再这样下去，他们会逼你退学。"

"必要时便辍学。"他说。

还有一个月便是学期终结的考试。这一个学期，林方文差不多完全没有上课，我只好替他做一份笔记。那天傍晚，我到林方文的宿舍放下笔记，他的母亲坐在房间里，看见我，站起来亲切地对我微笑。她的端庄，完全不像一个经营小舞厅的女人。

"伯母，你等林方文？"

"是呀，我刚从台湾回来，买了一盒凤梨酥给他。这种凤梨酥他最喜欢吃，他爸爸以前行船到台湾也给他买过。"

"他可能很晚才回来。"我说。

"他很忙吧？要工作又要读书。"

"他跟朋友成立了一个工作室。"

"我还没有请教你的姓名呢。"

"伯母，我叫程韵。"

"程小姐。"

"伯母，叫我程韵就可以了。"

她拿起一块凤梨酥说："来，试一块。"

"不。我等林方文回来一起吃。"

"好的。"她拿起林方文放在床上的那支乐风牌口琴说，"这支口琴是他爸爸的，他还舍不得丢掉。"

"他很喜欢这支口琴。"

"他爸爸是行船的,我曾经跟着他上船生活了四十五天。那时,我们新婚不久,他在甲板上为我吹奏口琴,还作了一首歌呢!"她笑着,"他哪里会作歌。"

她哼了一段不知名的音乐给我听,大抵就是林方文爸爸在甲板上作的一首歌。

她拉着我的手,哼着那段歌,跳起舞来。

"我们在甲板上跳舞。"她怀念着。

她的舞跳得很好,我很笨拙,她把我当作她的亡夫,回忆他留给她的最浪漫的时光。她眼里并没有泪,往事的伤痛,只留在心上。

"林方文的音乐细胞也许是他父亲遗传给他的。"她说。

"可能是的。"我说。

"他写的每一首词,我常常听,他是个很有才气的男孩子。"她流露着母亲的自豪。

"是的。"我同意。

"他小时候最爱折飞机,我以为他长大后会做飞行员,没想到他当上填词人。这么晚了,我不等他了。"她站起来。

"伯母，你再等一会儿，他会回来的，我传呼他。"

"不，不要打扰他工作。你叫他要用功读书，不要忙坏身体。"

我目送她上了一辆出租车，她亲切地握着我的手说再会。如果她愿意离开那个中年男子，林方文也许会原谅她，可是，谁伴她度过余生呢？她太寂寞了。

我在宿舍睡着了，林方文回来，把我唤醒，已是深夜。

"你回来了，你妈来过。"

"嗯！"那张温煦的脸突然变得很冷淡。

"她刚从台湾回来，买了一盒你最喜欢的凤梨酥给你。她等你等了很久。"

他并没有热情地捧起那盒凤梨酥，他是故意跟他母亲作对。

"她叫你用功读书。我替你做了一份笔记。答应我，你会来考试。"

他点头。

可是，那一天，他没有出现。

考完试后，我冲进录音室找他。

"你为什么不去考试？"

"我走不开。"他说。

"你答应过我的。"

"你先让我写完这段歌词好不好？"

黑眼圈老妖露出一副幸灾乐祸的表情。

"我在这里等你，直到你回去考试为止。"我坐在录音室外面，我要和他比耐性。

他没有理会我。到了午夜，歌还没录完，我在那里坚持着，连一个哈欠都不敢打。黑眼圈老妖叫人买了消夜，林方文递上一碗热腾腾的粥给我。

"我不回去考试了，你走吧！"他说。

"还有一年就毕业，你现在才放弃？"我很失望。

"大学有没有毕业并不重要。"他说。

"因为你妈特别叮嘱你要用功读书，所以你偏偏要放弃，对不对？"我质问他。

"别乱猜，只是突然不想念书。"

教务处要林方文决定辍学还是留级，他没有答复便搬离宿舍。黑眼圈老妖替他在尖沙咀找到一座旧房子，租金三千多元，家具齐备，有一个仅容两人站着的小阳台，可以俯瞰尖沙咀最繁盛的十字路口。

迁进新屋的第一天,我们都累得要命,只吃便当庆祝。

"我一直憧憬着我们一起参加毕业典礼。"我跟他说。

"我会出席你的毕业典礼。"他握着我的手说,"我会送你一束百合。"

还有一年才毕业,林方文离开校园,离开我的视线更远,一切会安好吗?

第四章
空 中 的 思 念

也许男人都爱慕新鲜，

何况一个以创作为生的男人？

他一生需要很多女人，

我只是其中一个，

终究要消失。

学校开始放暑假,我在杂志社已不须做校对,他们让我做人物专访,李盈建议我访问林放。

"他是很多女性心目中的才子。"她说。

杂志社的人并不知道林方文是我的男朋友。

访问在林方文的家里进行,只有我和他。

"你要把我当作访问你的人,老老实实地回答我的问题。"我跟他说。

他把腿搁在我的腿上,我推开他:"请你不要性骚扰女记者。"

"你最喜欢的歌词是哪一首?"我问他。

"《人间》。"

"有几多首歌,我一生能为你唱?从相遇的那一天,那些少年的岁月……"我念给他听。

他点头。

"这首歌是写给谁的?"我认为是写给大嘴巴费安娜的。

他望着我良久，答："一个女人。"

"谁？"

"已经不重要。"

"你有为其他女人写歌吗？"

"我答应了一个女人，每年除夕送一首歌给她。"

"做得到吗？"

"尽力而为。"

"到目前为止，你有没有最爱的女人？"

"这个问题一定要答吗？"

"是的。很多人都关心你的爱情，因为你的情歌很动听。"

"最爱的女人？"他感到惆怅。

我咬着牙，望着他，期待答案。

"我会在某一分钟内很爱一个女人，但这种感觉未必会持续。"

我的心突然下沉，不知道应该为他向我说真话而高兴，还是为那句真话而伤心。

我完成了访问，杂志社的人说，我的访问写得很好，很有感情，当然了，我用两年的感情来写一篇文章，并且因此知道，他未必会持续爱一个女人。往后，我又访问了一些人，包括一支颓废的地下乐团、一个颓废的画家，于是，人也变得颓废了。林方文不在家的日子，我像一个小妇人那样，替他收拾东西，洗熨衣服，在阳台上直至灯火阑珊，也等不到他回来，有点万念俱灰的感觉。

光蕙跟孙维栋仍然纠缠不清，我最近见过孙维栋一次，他瘦了很多，整个人很憔悴，他在自虐。

迪之把一头长发剪短，她说要忘记过去。卫安常常打电话给她，终于有一次，她依约赴会，然后在他脸上打了一拳，事后她很后悔，她说如果那天戴上戒指的话，会把他打得更痛。

迪之提议我们三姊妹一起去东京旅行，忘记那些男人。光蕙很赞成，她想呼吸一口新鲜的空气。我本来想跟林方文说，我要去东京，希望他说："留下陪我，迟些我和你一起去。"可是，那天晚上，我如常一个人在他家里呆等，他凌晨才回来，我忍不住向他发脾气。

"你近来很少陪我。"

"你应该有自己的生活。"他说。

"我愈来愈不了解你，不知道你这一分钟最挂念谁。"

"你这么介意，就不该要我说真话。"他爱理不理。

"你已经不爱我，对不对？"

"你总是喜欢令人窒息。"

"好！那我离开这里。"我开门要走，他并没有留住我。

我告诉迪之，我要去东京，并且要尽快去。两天后，我们随旅行团出发，我希望林方文不要找到我。找不到我，他才会牵挂我。

到了东京，我们住在新宿的一家酒店，那是一个繁华地段，我却疯狂思念一个在尖沙咀的男人。

我们在歌舞伎町一家烧烤店流连，其中一个厨师是从上海来的中国人，跟我们说普通话，他长得高大英俊，迪之对他虎视眈眈，赖着不肯走。有时候我觉得迪之是一个很快乐的人，她那么容易喜欢一个人。

"我能不能打长途电话给林方文，告诉他，我在东京？"我问迪之和光蕙，"我怕他找不到我。"

"不要。"迪之说，"让他焦急一下，他才会挂念你。"

"你跟林方文到底有什么问题?"光蕙问我。

"我也不知道,如果知道有什么问题还好。"

回到酒店,她们两个很快便睡着了,我们住的房间有一个小阳台,我站在阳台上,从酒店三十二楼俯瞰东京市,灿烂却陌生,我疯狂地思念林方文,这个时候,他会不会站在阳台上等我?

我打电话回香港给他,电话响了两声,他立刻接起来。

"是我。"

"你在哪里?"他焦急地问我。

"我在东京。"

"东京?"他吃了一惊。

"跟迪之和光蕙一起。"

"我很挂念你。"

我心头一酸,忍不住呜咽。

我和林方文,一个在东京,一个在香港,距离四千公里。他在四千公里以外,才肯对我说:"我很挂念你。"

我在电话里哭泣,他紧张地问我:

"你在哭吗?不要哭,有什么事跟我说。"

"你这一分钟最爱的女人是谁?"

"程韵,程韵,程韵,程韵。"

"但下一分钟可能不是。"我说。

"你这么介意那句话?"

"是的。我不希望我只是你生命中的过客。你曾经离开我一次,也会有第二次。"

"我去东京找你,你住在哪家酒店?"

"你不要来,六天后我会回去。"那一刻,我多么希望他立刻从四千公里以外来到我身边,给我最温煦的爱。但,我非常奸狡地相信,分开才会令他更爱我,我要用六天来激励这段爱情。

到东京的第二天,我们去迪士尼乐园玩,那是最快乐的一天,因为有一个男人在四千公里以外疯狂地思念我,原来被人思念比思念别人快乐。

晚上回到酒店,我打电话给林方文,没人接听。他会不会正在来东京的飞机上,赶来跟我见面,给我一个意外惊喜?可是,他不知道我住在哪里。如果他问孙维栋,孙维栋会告诉他,因为孙维栋知道我们住在哪家酒店。我整晚睡不着。第三天，我故意留在酒店等待，但他没有出现。第四天、第五天、第六天，我打了无数次电话回香港，都没有人接听。

林方文到底去了哪里？香港至东京的飞机这几天并没有发生意外，他会不会来了东京，却遇到意外？我的心忐忑不安。

"下次不跟你一起旅行了，你整天惦念林方文，做什么都提不起劲。"迪之骂我。

"思念是很好的感觉呀！可惜我并不思念孙维栋。"光蕙说。

"我觉得无牵无挂的日子才是最快乐的。"迪之有感而发。

"是的，思念别人并不好受。"我说。

第七天的黄昏，我们回到香港。我买了一件米白色的毛衣给林方文。也许他根本没有来东京，他仍然在香港的录音室里晨昏颠倒地工作，忘了我，忘了我在东京等他，他说挂念我，就只是那一分钟。

下飞机后，我走去林方文的家。当我开门进去，竟发现他正跟丘正立和黑眼圈老妖谈笑风生。

"你回来了？"他问我。

我很愤怒："原来你在这里聊天，我还以为你去东京找我。"

他没有回答我，一贯地沉默。

"为什么每天晚上都没有人接听电话？"我问他。

"我这几天在录音室忙到天亮才回来，家里哪儿有人听电话？今天刚好完成了。"

果然被我猜中了，他忙着工作，忘了我，说要到东京找我，不过是美丽的谎言。

我站在那里，气得说不出话来。丘正立和黑眼圈老妖找个借口离开，只剩下我们两个。我从行李箱里拿出那件米白色毛衣。

"这本来是买给你的。"我说。

我把毛衣扔在地上，双脚发狂地在上面乱踏。他制止我。

"放手！"他用力把我拉进卧房里，床上竟然有很多很多只纸飞机，有几百只。

"因为工作，不能去东京找你，每天思念你的时候，便折飞机，希望可以飞去你身边。"他说。

我突然觉得很惭愧，我刚才用脚践踏我买给他的毛衣，他却在几天内为我折了几百只飞机，思念在房子里蔓延。

"有多少只飞机？"我问他。

"不知道，我没有数过。"

"一起数数看。"我说。

我一共数到有九百八十六只飞机。六天里，他平均每天折一百六十四只飞机，思念我一百六十四次。

"你回来了，这些飞机可以扔进垃圾桶里。"他说。

"不！我要把它们留下来，这里有九百八十六次思念，如果将来你忘了，我会用这九百八十六只飞机提醒你，你曾经如此思念我。"

我发现上一个房客留下一个不大不小的长方形鱼缸，里面还有七彩的光管，我把九百八十六只飞机放进鱼缸里，刚好能够装满。然后，我们把鱼缸放在木柜上，接上电源。光管亮起了，鱼缸里的飞机好像在东京的夜空中飞行，鸟瞰五光十色的大都会。

"很漂亮！"我看着飞机。

林方文紧紧地抱着我说："以后不要再不辞而别。"

我并不想如此。

大学最后一个学年从一个大雨滂沱的上午开始，教室里再也没有林方文的身影，他喜欢坐的位置一直空着。我们第一次见面，也是在这间教室里，他正在看《龙虎门》。想不到那已是两年前的事了，无法和他一起毕业，我是有一点遗憾的。我曾经害怕失去他，但，每当看到鱼缸里那九百八十六只在东京上空翱翔的飞机，我总相信，他不会离开我。

那天很早便下课，雨依然下个不停，走出学校大门，一个女人从一辆私家车走出来，那是林方文的母亲，驾车的人是那个矮小的中年男人。

"程小姐。"她叫我。

"伯母。"我有些意外，她应该不是在等我吧。

"林方文是不是辍学了？我刚刚去宿舍找他，他们说他暑假前已经搬走。"

"是的。他的工作很忙，而且发展得很好。"

"这也不是不读书的理由。"她很失望，"他住在哪里？"

我不知道该不该告诉她。

"他叫你不要告诉我，是不是？"

"不，不是。"

"这件毛衣我本来打算给他，请你替我交给他。"她把一个纸袋交到我手上。

雨打在她沧桑的脸上，她的一双大眼睛十分沮丧。我不知道该说些什么话安慰她。她跑进矮小男人的汽车里，一直低着头，汽车缓缓离开，林方文也许不应该恨她，她有权选择男人。

我抱着毛衣走进林方文的家，竟发现一个女人。她只穿一件衬衫和一条黑色提花三角裤坐在沙发上，拉着林方文送给我的那把被我砸烂的小提琴，声音非常刺耳。

"你是谁？"她问我。

她竟然问我是谁。

"我是林方文的朋友。"我说。

"这把小提琴不能再拉了。"她说。

她长得矮小瘦弱，有点干的感觉，皮肤黝黑，眼睛小而精灵，鼻梁很低，两个鼻孔朝天，与一双小眼睛互相辉映，构成脸上四个大小差不多的孔。她全身最美丽的地方是两条腿，与身高不成比例地修长，显得腰肢特别短，乳房很小。她是谁？为什么在林方文的家里？

"这是一把很好的小提琴。"她把琴搭在肩膀上，做出拉小提琴的动作。她好像心里有一首歌，独个儿在厅中拉得十分陶醉。

"可惜不知道谁把它砸烂了。"她望着琴叹息。

"是我。"我说。

她点了一根烟，说："我曾经跟一个小提琴家在奥地利同居了三年，当然，三年中，我还有其他男伴，但，我的小提琴是跟他学的。他拉小提琴的动作很性感，每次看到他拉小提琴，我都想立刻跟他做爱。一次，我们吵架，我把他那一把价值一百万的小提琴扔到河里去，他马上跳进河里抢救他最心爱的琴，可是已经太迟了。"她倒在沙发上大笑。

对着陌生人大谈做爱，这种女人一定很有表演欲。

"林方文到哪里去了？"我问她。

"我醒来没看见他。"

醒来？他们刚才一起睡？

"我还不知道你是谁。"

"林日。你呢？"

"程韵。"

"情韵？这个名字真好听。"她又点了一根烟，"我是林方文的姊姊。"

林方文说过他有一个姊姊，遗传了父亲的性格，到处漂泊，我没想到正是眼前这个豪放的女人，她的样貌跟林方文和林妈妈都不相像。

"我是林方文的女朋友。"我说。

"我早猜到了！"她热情地拥抱着我。

"你的身体很好抱，我弟弟一定也喜欢抱你。"她把我弄得有点尴尬。

"你抽的烟，烟味很怪。"我说。

"我刚从俄罗斯回来，这是矿工抽的香烟。我跟林方文已经三年没见面，你跟他在一起多久了？"

"两年。"

"我弟弟是不是一个好情人？"

"怎样才算是好情人？"

"会让女人伤心的，便是好情人。"

她从鱼缸里拿起一只纸飞机，扬手将飞机抛出去，那只飞机飞越我的头顶，从大厅一直飞到卧房的天花板上，缓缓下坠。

"这是我弟弟折的飞机。"她说。

"你怎么知道?"

"只有他折的飞机,才可以飞得那么高,那么远。"

林方文拿着一包东西回来。

"毛巾、牙刷和睡衣,给你的。"他跟林日说。

"我裸睡的。"她认真地说。

"那是阁下你的事,请你别在大厅裸体。"林方文一本正经地跟她说。

我把毛衣交给林方文:"这是你妈叫我交给你的。"

"是妈妈打的毛衣?"林日打开纸袋,是一件灰色V领毛衣。林日抱在怀里,脸贴着毛衣说,"好暖!"

"那让给你。"林方文一贯不在意地说。

"好呀!"林日将毛衣据为己有。

晚上,我留在林方文的家里,林日就睡在隔壁。月亮照在林方文的身上,我躺在他身上,分享月光。

"为什么你姊姊长得不像你?"

"她像爸爸。"

"她做什么工作的？"

"大概是记者吧。"

"你和她感情很好吧？"

等了很久，他并没有回答我，他的呼吸变得沉重，睡得像个小孩子。

有人敲门。

"谁？"

林日身上披着一张毛毯推门进来，我连忙从林方文身上滚下来。

"我可不可以跟你们一起睡？"她脸上一副无助的表情。

"你是不是裸睡的？"我问她。

她打开身上的毛毯，里头穿着林方文刚才买给她的睡衣，我松了一口气。

"月色很美，我那边房间看不到月亮。"

"月亮在这边。"我说。

"你睡在他胸前，我睡在他脚上，一人一半，好不好？"她把头挨在林方文的脚上。

我躺在林方文胸前，我们两个女人分享他身上的月光和体温。

"那个小提琴家,你爱不爱他?"我问她。

"爱。短暂地爱过。"

"但你跟他在一起的时候,还继续和其他男人来往。"

"因为有死亡,我不愿忠贞。"林日望着我说。

"不。正因为有死亡,我才愿意忠贞。"我说。

"我很寂寞。"她蜷缩着身体。

"你在思念小提琴家,还是其他男人?"

"我和他在火车上相遇,只相处了一天,我疯狂地思念他。"

"他在哪里?你可以找他。"

"我不想再碰到他,不想破坏这种感觉。"

"逃避?"

"不。是保护,保护一段爱情。"

"跟你同居三年的男人,你没有思念他,却思念一个相处仅仅一天的陌生人?"我有点唏嘘。

"因为只有一天寿命的爱情从来没有机会变坏。"

当时我想,她说的也许是对的,时间滋养一段爱情,也毁灭一段爱情。

林日在林方文脚上安然入睡，我辗转反侧，他们身体里流着相同的血液，同样伤感和难以捉摸，林方文会不会像他姊姊那样，忘了我，却只记得一个和他有一夕欢愉的女人？

林方文从睡梦中醒过来。

"别动，你姊姊在你脚上。"我说。

他看着蜷缩着身子的姊姊，吻了我一下。

"如果这样下去，你会不会娶我？"我问他。

"会。"他温柔地说。

我流下泪来。

林日在香港逗留了两个星期便要离开，她说要到以色列找一个朋友，她很想念他。在机场送别，她拥着我说："如果我弟弟对你不好，便跟他分手。"

"我会的。"我说。

她跟林方文又相拥了许久，才进入出境闸口。

林日走了，她带来的伤感却仍然留在屋里。林方文大部分时间都留在工作室里，与他的歌恋爱。我开始后悔跟他住在一起，朝夕相对，多么绚烂的爱情也会变得平淡，那原不是我想要的关系，我不想做一个每天晚上等男人回来，却不知道他会不会回来的女人。

我尽一切方法讨好他，我煮饭等他回来吃，甚至打起毛衣。那时的我，一定是一个会吓走所有不想安定下来的男人的女人。

那天晚上，正在机械地打毛衣的我，突然讨厌起自己。林方文开门进来，我狠狠地把毛衣扔在地上。他没有理会我，径自走进卧房。我负气地拿起皮包离开，回到自己的家，哭了一个晚上。是不是时间久了，我们都变得懒惰？懒得去爱得好一些？第二天，第三天，第四天，他没有找我。

他是一个不会向女人求情的男人，最终还是我回去。

我开门进去时，他坐在沙发上吹奏着我送给他的口琴。看见我来了，他并没有停下来。

"我只是来看看我的飞机。"我走到鱼缸前面，捞起一只飞机。

他一手拉着我，紧紧地抱着我。我在他身上，嗅到橄榄油和松节油的气味，那是费安娜的味道，我不会忘记。

"你跟费安娜见过面,是不是?"我瞪着他。

"没有。"他说。

"你为什么要说谎?我敢肯定,你刚刚跟她见过面。"

他很讶异,他不知道女人通常有一个很好的鼻子。

"是不是?"我问他。

他不说话。

"你答应过我,不再见她的。"

他依旧不说话。

"为什么?"我流着泪问他。

他还是不说话。

"为什么!"我对着他咆哮,"为什么要找她?"

我彻底地失望。两年来,我所付出的爱,仍然无法满足他,他并不需要像我这样一个女人。我冲进房间里,收拾属于我的东西。

他坐在那里,并没有制止我。

我把东西胡乱地收拾好。

"我们分手吧!"我哭着对他说。

"你真的要走?"

第四章 空中的思念

"你是骗子。"我骂他。

他的本领是不说话。

"为什么还跟她上床？"

我本来只是想试探他，没想到他竟然不说话，他果然跟费安娜上床了。

"除了沉默和谎言，我不知道我们之间还有什么。"我含泪跟他说。

我打开大门离去，他没有留住我，我要走的时候，他从来不会留住我。

我抱着皮箱，在尖沙咀闹区的人群中无助地流浪。璀璨而短暂，是我的初恋。

回到家里，拉小提琴的瓷像老人苍凉地垂下头，奏着埃尔加的《爱情万岁》，是一百年前的海誓山盟，不会再有除夕之歌了。

迪之知道我跟林方文分手，只说："不是没有男人就不能过日子的。"

她好像庆幸我可以陪她一起失恋。光蕙仍然跟孙维栋拖拖拉拉，她找到另一个男人之前，绝不会放开他。偏偏那个时候，一个坏消息同时打击了我们三个人。

宋小绵要结婚了。在我们三个都失意的时候，她竟然找到幸福！

她首先把喜讯告诉光蕙，她在电话里甜丝丝地问光蕙："我想知道你的地址有没有更改。"

一个很久没有见面的朋友突然打电话给你，问你地址，毫无疑问，她想把结婚喜帖寄给你，并且以为你会替她高兴。

"她丈夫是医生！"光蕙的语气充满妒意。

"她也可以嫁医生？"迪之一脸不屑，"她不过很普通啊。"

"近水楼台先得月嘛！"光蕙说，"你们还记得她妈妈吗？她很会把儿女推向上层的。"

"我不嫉妒她嫁给医生，我嫉妒她出嫁而已。"我说。

"条件愈普通的女孩子愈早嫁出去，我们三个素质这么高，三十岁也不知道能不能成功嫁出去。"迪之认真地说。

光蕙最不开心，因为她一直希望嫁得好，找到一个牙医，却无法勉强自己爱他，而小绵竟然找到一个西医。迪之嫉妒，因为她一直找不到一个好男人，她想嫁的人，无法娶她。我嫉妒，因为我得不到同样的幸福。小绵若知道我们妒恨她结婚，一定后悔把婚讯告诉我们。

婚礼在跑马地一座天主教教堂举行，我们三个刻意打扮了一番。光蕙相信在那种场合可能会结识一位医生，迪之要显示自己比新娘子漂亮。我是失恋女人，当然也要打扮得漂亮。乐姬与男朋友一同来，那个男人听说是富家子弟。倒是小绵丈夫的样子把我们吓了一跳。

站在祭坛前，穿着黑色礼服焦急地等待新娘子的男人，便是小绵的丈夫，他的体形像一只放大了三十万倍的蚂蚁，虽然已经放大了三十万倍，因为体积本来就细小，所以现在也不过身高五英尺二英寸，脖子短得几乎看不见，背有点佝偻，四肢长而细，愈看愈像《超人》剧集里的那只机械蚂蚁大怪兽。小绵就嫁给那样一个人？我们不再嫉妒她。

小绵的公婆都拥有一张异常严肃的脸孔，他们大抵以为大蚂蚁是他们的得意杰作，是许多女人梦寐以求的如意郎君。

神父带领来宾一起唱《祝婚曲》——"完美的爱，超越世间的一切……恒久的爱，愿永为他俩拥有……天真信赖。生、死、痛、疼无惧……"

我投入地唱出每一个字，那是爱情最高的理想，也许太投入了，我从第二句开始走调，迪之和光蕙见怪不怪，我身后却传来笑声，站在我后面的，是一个架着金丝边眼镜的男人，他友善地向我微笑，那时，我没有想到，他是我的第二个男人。

小绵和大蚂蚁去欧洲度蜜月，两个星期后回来，我接到小绵的电话。

"有一个人很想认识你。"

"谁？"

"我先生的同学，也是同事，他叫徐起飞。在我结婚那天，他见过你，对你印象很好。"

"我一点印象都没有。"

"你当然不知道他在留意你，我没有告诉他，你已经有男朋友，不知道你喜不喜欢，况且也只是交个朋友，不一定要谈婚论嫁的，多一个选择也好。徐起飞是个很好的人，不然我也不会介绍给你，他跟女朋友分手两年了，一直没有谈恋爱，今年三十岁，是外科医生。这个星期六晚上，我们一起吃饭好不好？"

"很尴尬,好像相亲。"我说。

"人家是钻石王老五呀,很多人争着介绍女朋友给他,他就是看不上眼。"

"他看上我,我就一定要跟他吃饭吗?"我负气地说。

"当作跟我吃饭好了,这点面子你不会不给吧?"

想不到小绵才嫁了两个星期,连说话的口吻都像个少奶奶。

"好吧。"

我根本提不起兴趣去结识另一个男人。林方文在我心里,仍然是刺骨的痛。但,女人总有一点点虚荣,有一个男人对自己表示仰慕,还是禁不住有点兴奋。林方文背着我去找费安娜,我光明正大地跟徐起飞吃饭,也没有什么不对,我是故意向他报复。

晚饭的地点是丽晶酒店的法国餐厅。

徐起飞穿着深蓝色西装,打了一条墨绿色的斜纹领带,浓密的头发梳得十分整齐,脸上架着一副金丝边眼镜,身上散发着一股消毒药水的味道。

"我刚下班赶来。"他说。

他站起来跟我握手，他的个子很高，身体强壮，十根手指却很纤细，是一双很适合动手术的手。

"程韵是我的中学同学，我们都是排球队的。"充满少奶奶味道的小绵说。

大蚂蚁的名字叫关彦明，跟徐起飞是从小学到大学的同学。

"徐起飞以前是香港学界排球队的队长，你们有共同嗜好呢！"小绵积极推销。

"进了大学之后就没有再打球，怕弄伤手指。"徐起飞说。

"丽丽的手术就是他做的。"小绵说。

"可惜她送来医院时已经太迟了。"徐起飞说。

"我真怀念丽丽，她没有谈过恋爱便死去，真可惜。"小绵说。

"那是最幸福的死法。"我说。

说出这句话，他们三个人同时望着我，好像我说错了话。

"难道不是吗？无牵无挂的日子其实是最快乐的。"

整顿饭小绵话最多，她已是少奶奶，不用矜持。大蚂蚁很少说话，笑容也很少，他好像背负着全世界的忧患。徐起飞只在适当的时候说话。吃过甜品，小绵拉着我陪她去洗手间。

"你觉得徐起飞这个人怎样？"

"不错，但，我对他没有感觉。"

"他是医生，当然没有才子那么浪漫，但他很会照顾人，而且很有诚意。医生最有安全感。我听迪之说，你跟林方文分手了。"

迪之这个长舌妇！

"如果我有不治之症，他也无法救活我。"我说。

"你有不治之症吗？"她凝重地问我。

我的不治之症是爱着一个不能给我半点安全感的男人。

小绵见一顿饭吃过，我和徐起飞之间好像没有什么话题，显然有点失望。大蚂蚁的车停在丽晶，跟他们分手后，我和徐起飞步行到附近的停车场，他的车停在那里，几个工人给停车场前面那株银色的圣诞树挂上七彩灯泡，准备迎接圣诞，原来已经是十二月了。

"圣诞节快到了。"徐起飞说。

"是的。"路上风很冷，徐起飞把他的外套盖在我身上。

"谢谢你。"

"除夕你会做什么？"他问我。

"你呢？"

"过去几年的除夕，我都在医院里度过。每年的那一天，医院都很忙碌。很多人乐极生悲。"

"我在婚礼上好像没有见过你。"我说。

"我看见你了。你跟两个女孩子一起来。唱圣诗的时候，我站在你背后，你唱歌走音。"

"我想起来了，是你在笑我。"

"对不起，我没有恶意。"

"不要紧，我是五音不全的。"

"很少人五音不全，却唱得这么投入。"

"你是讽刺我，还是……？"

"不，我觉得你很可爱。"

就在那一刻，我碰到林方文，他戴着鸭舌帽，是我认识他的时候，他一直戴的那顶鸭舌帽，他又戴上那顶帽子了。他正向着我迎面走来，而且已经发现了我。我跟徐起飞并肩而行，身上披着对方的外套，我不知所措，他看了我一眼，从我身边走过,经过那株银色的圣诞树,冲过马路,失去影踪。 分手后第一次见面,却有一个很大的误会。

徐起飞的车子从停车场出来,踏入十二月的周末晚上,车子在路上寸步难行。 大厦外墙的灯饰汇成一片霸道的红,交通灯天长地久地红,汽车不准前进,千百辆车子尾后亮着红色刹车灯,所有红色,形成一条绵长没有尽头的红色灯路,欺人太甚。 电台提早播 Jingle Bells(《铃儿响叮当》),我想起林方文的脸和他的背叛,掩面痛哭。

"你没事吧?"徐起飞被我吓了一跳。

我胡乱找了一个借口说:"我讨厌被困在这里。"

"我想想办法。"

他把车子停在一个避车岔道,把车子的天窗打开。

"现在好一点没有?"

因为哭得太厉害,所以也抽搐得很厉害,根本不能回答他。

"你怎样来到这里的?"我问他。

"犯了很多交通规则,幸而没有被警察抓住。 你是不是有幽闭恐惧症?"

"不，不是的，能载我到一个地方吗？"

"你要去哪里？"

"只是停留一会儿。"我说。

我请他把车子开到林方文的住处对面。二十楼的阳台亮着灯，林方文一个人站在阳台上喝啤酒，头上戴着失恋的帽子，我头一次，觉得他看起来有点可怜。我不能回去，我想起他压在费安娜身上，我便不能原谅他。忽然刮起一阵寒风，林方文头上的帽子被风吹走，在风中下坠，他从阳台上消失，应该是下来找帽子。

"我们走吧。"我跟徐起飞说。

那一夜之后，徐起飞没有找我，他大概知道我心里有一个人。愈接近除夕，我愈感荒凉，难道我要为一首歌跟林方文再走在一起？他从来不求我，不求我复合。我也许会回到他身边，只要他开口，我会的。原来人的记忆有一个自动净化系统，会把不快乐的记忆洗掉，我好像渐渐觉得他和费安娜上床的事不是真实的。

光蕙跟孙维栋去欧洲过新年，因为光蕙舍不得自己付团费。迪之早就说好要我和她一起度除夕。

她最近抽烟抽得很凶，还跟唱片公司的人一起抽过大麻。

除夕夜，我没有收到林方文的任何消息，失望演变成悲愤，我和迪之特地打扮一番去参加她一位同事在舞厅的派对。

迪之把我的脸涂得很白，然后替我描上夸张的黑色眼线，我的两只眼睛好像被两个黑色的括号括着，她又替我涂上茄汁似的口红。我从来没有化过这么浓艳的妆。

"你现在才像一个女人，如果我是男人，看到你也会心动。"她说。

迪之穿了皮衣和皮裙子，上衣和裙子都绕着金链，三英寸半高跟鞋的鞋头也有一只金色蝴蝶，一头卷曲的长发披在她的肩膀上。

"你去参加除夕派对，还是万圣节派对？"我问她。

"也许今天晚上会找到男朋友嘛！"她充满希望。

我穿了一双两英寸半的高跟鞋。那是我生平第一次穿高跟鞋。迪之步履如飞，我跟在后面，好辛苦才追上。没有男人的除夕，真是折腾。

派对在兰桂坊的一家舞厅举行。除夕夜的兰桂坊，挤满了狂欢的男女，车子不能开进去。穿上两英寸半高跟鞋徒步走上那段斜坡对我来说是一件吃力的事，何况斜坡的一边是费安娜的画廊。

"我忘了千年女妖的画廊在哪一幢大厦。"迪之说。

"这一幢。"我指着酒吧对面的一幢旧楼，可是，一楼已经不是一家画廊，而是一家粉领族服饰店。

"为什么会变成服饰店？"我有点意外。

"谁会买千年女妖的画？也许结束营业了。"

舞厅里的人很多，派对的主人是迪之那家唱片公司的公关经理，是个很吃得开的中年女人。她热情地招呼我和迪之，把我们安排在一群男女中间。他们都是单枪匹马来的，喝大量的酒。迪之跟其中一个理小平头的男人猜拳。她每次都输，喝了很多白兰地，那个男人常常借故亲近她，忽然又把手放在我的肩膀上，我突然觉得很可耻，他把我当成什么女人？我不是来这里找一个男人过夜的。我站起来，把迪之拉走。

"我们要去哪里？"她醉醺醺地问我。

"离开这里。"我说。

小平头男人扶着迪之说:"我送你回家。"

迪之倚着他说:"好。"又跟我说:"有人送我们回去。"

"不。我们自己回去。"我从小平头手上抢回迪之。

我把迪之从舞厅拉出来,已经十一点多了,街上挤满等待倒数的人群。

"我要回去喝酒。"迪之挣扎着,把我推开。

"不。不准回去。"我拉着她,她拼命反抗,混乱中,我推了她一把,谁知她站不稳,被我推倒在地上,头撞到石阶,流了一摊血。

刚好有两个巡逻警员经过,马上召救护车把迪之送去医院。

迪之躺在担架上,我很害怕她会死,没想过除夕会在一辆救护车上度过,而我即将成为杀死好朋友的凶手。

急诊室的医生替迪之敷好伤口,医生说,她只是皮外伤,我如释重负。她喝太多酒,医生要她留院观察。我陪迪之住进病房,心里很内疚。

"对不起,我不是故意推你的。"

"哼!如果破了相我才不原谅你。"

"我让你推一下报仇。"我说。

"我们除夕要在医院度过,还不够可怜吗?"她苦笑,"你不要走,留下来陪我。"

我们一起睡在狭窄的病床上,互相取暖。迪之很快便睡着了,护士说,医院不准留宿,我替迪之盖好被,离开病房。经过护理站,两个年轻女护士正在收听电台广播,时钟指着午夜十二点,电台 DJ 说:"这首新歌的填词人,特别要求我们在一九八八年的除夕播这首国语歌,他想送给一个人,祝她新年快乐。"

要多少场烟雨,

才有这一场烟雨,

要多少次偶遇,

才有这一次偶遇?

我俩是故事里的人物,

抑或有了我俩,才有故事?

这一切的败笔,是因为我的怯懦,你的愚痴?

千年的等待,难道只为了等待一次缘尽,一次仳离?

难道这年代，真是一个属于翅膀和水生根的年代？

能漂的都漂走，能飞的都远逝，

只有思念和忘怀，只有无奈和无奈——

歌由一位台湾男歌手唱出，迂回低沉，像我们的爱情，我身体发软，蹲在地上，用双手抱着自己的身体，才能冷静下来。他已还我一首除夕之歌，我又还他什么呢？

"这首歌很动听啊，歌曲的名字是《烟雨》，今夜没有烟雨。"女 DJ 说。

"程韵。"

一个男人叫我，我抬头看，是穿着白袍的徐起飞。

"你为什么会在这里？"

"我朋友受了伤，我陪她住院，现在没事了。"

"你打扮成这个样子？我差点认不出来呢。"他望着我，有点陌生。

是的，我浓妆艳抹，穿黑色紧身裙，踏着高跟鞋，像个廉价的妓女，舞厅里那个理小平头的男人轻薄我们，也许不全是他的错。

"我刚下班,要不要送你回去?"

"不用了,谢谢你。"

"嗯。那么再见了。"他说。

"再见。"

我站起来,离开走廊。

"程韵。"他叫我。

"什么事?"

"新年快乐!"

"新年快乐!"

我在医院门外,登上一辆出租车,跟司机说:"去尖沙咀。"

林方文用歌把我召回去,他的呼唤,总是无法抵挡。我身上还有他家的钥匙。当我开门进去,鱼缸里的纸飞机依然在东京上空翱翔,一切都没有改变。

林方文站在阳台上,回头望我。

"新年快乐。"他说。

"新年快乐。"我说。

"我回来,是要把你从阳台上推下去。"

他张开双手说:"好的。"

我们在阳台上等待天亮,一九八九年一月一日,我们依旧在一起,好像劫后重逢。

"你的鸭舌帽呢?"

"有一天晚上在这里丢了。"他说。

"费安娜呢?"

"我就只见过她那一次。"他说。

"你是一个骗子,是一个很坏很坏的骗子。"

他抱着我:"不会再有下次。"

一月一日下午,我接迪之离开医院。她撞破头,我却跟林方文复合,她恨死我了。

一九八九年的暑假,我毕业了。毕业后,我在一家规模宏大的实业集团的市场推广部找到一份工作。同一年,光蕙也毕业了,在一家物业代理所当营业主任。

乐姬在一家大银行任职私人银行顾问,她身边不是公子,便是律师、总裁之类的。

市场推广部就只有我一个职员,事无大小,都要我负责。一天,林方文来接我下班。他带着我走过好几条街。

"我们要去哪里?"我有点奇怪。

他走进一条横巷，街上停了几辆私家车，他走近一辆簇新的蓝色私家车，打开车门。

"这辆车是你的？"我很意外。

他坐在驾驶座上，发动引擎。

"为什么不告诉我？"

"给你一个意外惊喜。"

那天，我们快快乐乐地开车在香港、九龙和新界绕了一个大圈，我没想到五个月后，车上会有另一个女人。

那天晚上，我和迪之、光蕙在铜锣湾吃晚饭，饭后，本来是打算坐出租车回家的。

迪之刚好看到林方文的车子从我们身边经过。

"你看，那是不是林放的车子？"

我刚好看到车子的尾部，那是他的车，竟然会遇到他，真是巧合。

"好了，我们不用坐出租车了。"迪之说。

我和迪之、光蕙跑上去追他的车，我发疯似的在后面跟他挥手，他并没有看到我。我几乎追不上了，幸好前面刚刚转成红灯，他的车停在红绿灯前面。

我喘着气跑上前，敲他的车窗，他见到我，神色诧异，原来他旁边还有一个女人，是乐姬。我呆住了，觉得自己像一个傻瓜，乐姬看看我，然后别过头，她并不打算向我解释。

迪之和光蕙赶上来。

"还不上车？"我来不及阻止，迪之已经拉开车门上车。

上了车，她和光蕙才发现车上有一个女人，是乐姬。林方文和乐姬的反应，已经告诉我发生了什么事。

"我们走。"我说。

"程韵，上车。"迪之把我拉上车，"为什么不上车，这是你男朋友的车子。"迪之故意让乐姬听到这句话，"奇怪，乐姬，你为什么会在这里？"

乐姬没有理睬她。林方文一句话也没说。

我茫然地站在街上，迪之叫我不要回去，我还有什么地方可以去呢？我要回去。

他坐在沙发上。

"开始了多久？"我问他。

他不说话。

"为什么偏偏是乐姬？"

他不说话。

我拿起东西扔他。

"我看不起你!"我向他咆哮。

我拿起东西不断扔他。

"为什么你要一次又一次伤害我?如果不爱我,可以告诉我,用不着骗我!"

他过来抱着我。

"你已经不爱我了。"

他凝望着我,不说一句话。

"你说呀!"

他还是不说话。

我肝肠寸断。那个晚上,是最难熬的晚上,我想过要从阳台上跳下去,却怕从此看不见他的脸,在那一刻,我依旧眷恋那张脸,因此更恨他。我倒在床上哭了很久,他在客厅里一言不发。我哭着哭着,在床上睡了。午夜醒来,他躺在我旁边,睁着眼,我睁着眼,无话可说,床上的欢愉,还是输给背叛,也许男人都爱慕新鲜,何况一个以创作为生的男人?他一生需要很多女人,我只是其中一个,终究要消失。

他像一个神，我只是其中一件祭神的贡品，他吃过了，丰富了生命，忘了我。我压在他身上，他仍然睁着眼。我把上衣脱去，解下胸罩，把他两只手按在我的乳房上。

"不要这样。"他说。

我疯狂地吻他，用我所有的本能来刺激他的性欲。他很久没有跟我做爱了，我以为是他太忙，原来他爱上了别人。我要他回到我的身体里，记起我的身体。我脱去他的上衣和裤子，他也脱掉我的裤子，他压在我身上，我不断流泪，紧紧抓住他的腰，把他拉向我的身体，期望他为这温存留在我身边。即使留不住，也有最美好的最后一次。

我很后悔，这绝对不是最美好的一次，那些身体的抽动，活像一场施舍。他流着汗，我流着泪，躺在床上，像一对陌生人。

"我们的爱情是在什么时候消逝的？"我问他。

他不说话。

"你已经跟乐姬上过床，是不是？"

"没有。"他说。

"我不相信你。"

我抱起一直放在床边的那把被我砸烂的小提琴，拉了一下，发出刺耳和空洞的琴声。

"明天我会离开这里。"我说。

"你用不着这样。"

"我决定了，我不习惯被施舍。"

第二天早上，当他出去了，我找迪之替我收拾行李。

"这个瓷像老人，你要不要带走？"她问我。

"要。"

"鱼缸里的纸飞机呢？"

我把鱼缸搬到阳台上，用双手捞起缸里的纸飞机，抛向空中，那里有九百八十六只，是他对我九百八十六次的思念，都散落在空中，能飞的都远逝。

第五章
再　　抱　　你　　一　　次

我知道爱不可以乞求，

如果我能够为你做一件事，

便是等待。

我做得最好也最失败的事情便是爱你。

我又回到我的家。每当我偶然从收音机听到林方文的歌，总是禁不住流泪，他像歌那样，好像已经跟我没有任何关系了。我开始很害怕孤单，每天下班后便跟迪之和光蕙一起，浪掷时光，困了才回家，然后倒在床上，片刻便睡着，无暇再想些什么，明天醒来，又浑浑噩噩过一天。

　　可是，迪之首先不能再陪我，她认识了新男朋友。

　　"他有六英尺一英寸高，肩宽二十英寸，扩胸有五十英寸！"她兴高采烈地告诉我们。

　　"他是香港先生？全身涂满油的那种怪物？"我问她。

　　"当然不是，他做生意的。我跟朋友去参加留美同学会认识的，他是同学会的主席。"

　　老实说，我对那些留美、留英、留加同学会没有什么好感，大家不过找个借口认识异性而已。

　　"他是做什么生意的？"光蕙问她。

　　"他卖石油的。"迪之说。

"石油？"我吃了一惊，"他是沙特阿拉伯人？"

"胡说，他是石油代理商，是家族企业。他替他妈妈工作，他的运动很出色，网球、滑水、潜水、射击……都会。"

"他条件这么好，为什么没有女朋友？"我问迪之。

"他要求高嘛，听说他以前有很多女朋友，都绑不住他。"

"你小心他是花花公子。"光蕙说。

"他比我大十岁，他跟我说，很累了，很想结婚。"

"那你岂不是会嫁入豪门？"我取笑她。

迪之笑得花枝乱颤，然后认真地说："我也想结婚，我跟你们不同，我爱过好几个男人，已经很累，实在厌倦了在除夕晚上还要到处去找男人，我又没有事业心，最幸福的是有一个男人照顾我。"

"我们来做一个协定。"我说，"三个人之中，最先出嫁的一个，要赔偿给另外两个。"

"为什么要赔偿？"迪之问我，仿佛她会最早嫁出去似的。

"剩下的两个，那么孤单可怜，当然要得到补偿，至少每人要得到五千元。"我说。

"我赞成。"光蕙说。

"好吧！"迪之说。

迪之也许做梦都没有想过，她会找到一个条件那么好的男人。

一个黄昏，我接到迪之的电话，她甜丝丝地告诉我一个新的电话号码："以后你拨这个电话可以找到我，这里是田宏的家。"

"你那么快跟他一起住？"

"是他把钥匙给我的。我在等他下班，原来等一个男人下班的感觉是那么幸福。你也赶快找个男人。"

我在流泪，没有男人的女人，原来那么悲凉。迪之并不是有意伤害我，她从来不理会别人的感受。

迪之挂了电话，我拨给光蕙，她在电话那边说："今天不行呀！孙维栋生日，我好歹要陪他，你来不来？"

如果我去，孙维栋一定痛恨我，有时候，我真是佩服他，明知一个女人已经不爱自己，仍然愿意纠缠下去。

离开办公室，天已经黑了，我突然有一种在街上胡乱找一个男人上床的冲动，反正林方文已经不爱这个身体。

"程韵。"一个男人叫我。

"很久没有见面了。"是徐起飞。

"你现在有空吗?我正准备吃饭,反正我也是一个人。"我突然很希望他陪我。

"我约了朋友在附近。"他说。

我不自觉地流露出失望的神情,一定是太寂寞了。

"你等一下。"他说,"我很快就回来。"

我看见他跑进附近一家酒店,片刻之后又跑回来。

"现在行了。"他说。

"你不是约了朋友吗?"

"不。 我把他打发走了。"

"那怎么好意思?"

"不要紧,是老同学,又不是有什么重要的事情。"

我突然觉得有一种安全感,是前所未有的,有一个男人,在我最孤单的时候出现。

我们一起吃法国菜,我叫了一瓶红酒,我从来没有喝过红酒,只是想醉。 那一夜,距离跟徐起飞第一次吃饭,已经一年多了,我从来没有认真看清楚他的脸,他的脸原来也很好看,眼睛里好像有很多故事。

"小绵快要生孩子了。"他告诉我。

"是吗?"

"你们没有联络?"

"我们的生活圈子不同。"

我喝了半瓶红酒,故意放任,在餐厅外拉着徐起飞说:"我不要回家,你陪我好不好?"

"你要去哪里?"

"去爱情失落的地方。"

他把车子开到海滩。

"为什么要来这里?"我问他。

"等待日出。"他说。

"我不要看日出!"我撒野。

他拉着我:"别这样。"

我很想得到一个男人的安慰。我用眼神迷惑他,我们在车上接吻。他握着我的手,我在他的怀里睡了。

当我醒来的时候,已经是第二天早上。他仍然坐在驾驶座上。

"你为什么不叫醒我?"

"你喝醉了。"

"你要不要吃点东西?"他问我。

我点头。

我们在海滩旁边的小餐厅吃早点,我心乱如麻,一段爱情刚失落,另一段爱情又升起。

他送我回家。

"你睡一会儿吧。"他说。

"那你呢?"

"我要上班,今天我值班。"

"你为什么不早点说?精神不济,医坏了人怎么办?"

"我坐牢,你来探望我。"他笑说。

我迫不及待把这件事告诉迪之。

"好呀,女人要恋爱才有光彩。我一直不敢告诉你,林放好像已经跟乐姬住在一块儿了。"

我虽然早就料到,但心里还是很难受,他说他没有跟乐姬上过床,后来却跟她住在一起。

晚上，我接到徐起飞的电话。

"我想见你。"我跟他说。

"不行。我现在值班。你可以来医院吗？"

我到了医院，他刚刚替一个病人做完手术。

"我们出去散步。"他说。

"你走得开吗？"

"你也是病人。"他牵着我的手。

徐起飞给我前所未有的安全感，让我好想去依赖，而不会害怕到头来他会像林方文那样，逃避我的依赖。

我问他："你不想知道我从前的事吗？"

"不想知道。"他说，"每个人都有过去。"

他的传呼机响起，他要赶去手术室。

"你可以在医生值班室等我。"他说。

我在医生值班室等他，突然觉得很幸福，那是一个女人等待自己的男人下班的幸福。他回来了，样子疲倦，脸上有鲜血。

"你脸上有血。"

"是病人的血，经常是这样的。"他说，"我可以下班了，我送你回家。"

"不。你已经两天没睡。"

"我不累呀。"

他坚持要送我回家,他很困,不住地打瞌睡,车子在路上走起S形。他调低车窗,让风吹醒自己,又不断地捆自己的脸。

我难过得流泪,跟他说都是我不好。

他没说话,只是温柔地握着我的手。

我突然觉得不应该辜负他,我不知道自己是否爱他,也许只是想找他做替身。

我狠心地跟他说:"你还是不要再找我了。"

"为什么?"他很不明白。

"很多事情都没有原因的,你是医生,也该知道,很多病都是没有原因的。"

"但我会尽力医好它。"

"我无药可救。"我冲入大厦里,头也不回,他一定很失望。

我没有打电话给他,他也没有找我。

三天之后，我到新加坡出差，在酒店房间里，我思念的人，竟然不是林方文，而是他。

一九八九年十月，我只身离开香港去新加坡出差六天后回来了，走出接机大厅，一个人在远处向我挥手，是徐起飞。那一刻，我不想再失去他。我并不意外，在飞机上的三个小时里，我一直想，他可能会来接我。如果注定他是我的，他会接我。

他吻我的脸，说："我很挂念你。"

"你怎么知道我今天回来？"我装作很意外的样子。

答案一如我所料，他打电话到我的办公室，办公室里的同事说我去了新加坡，于是他打听我回来的日期和飞机班次。离开前，我没有要求同事替我保密，并且把航班号贴在壁报板上。

在车上，我们热吻，他身上散发着浓烈的消毒药水味道，是一种最有安全感的味道。

"许多病，是没有原因的。"他对我说。

"我不明白。"

"所以，不用告诉我，你为什么改变主意。我也不打算告诉你，为什么喜欢你。"他说。

　　车子穿过海底隧道，又穿过香港仔隧道，向深湾驶去。

　　"你要去什么地方？"我问他。

　　"卡萨布兰卡。"他说。

　　那是我和林方文共度两个除夕的地方。

　　他见我犹豫，问我："你不想去？"

　　"不，不是的。"我也想看看那个地方。

　　到了深湾俱乐部，原来卡萨布兰卡已经结束营业了。

　　"真可惜，这是一个好地方。"他说。

　　"是的。"我说，"这里曾经是一个好地方。"

　　我以为是我和林方文完了，原来卡萨布兰卡也完了。一家餐厅也为我们的爱情憔悴落幕。

　　"我们开车到别的地方去。"他说。他拧开车上的收音机，电台刚好播放《明天》，跟我有明天的，已不是林方文。

　　"这首歌很动听。"他说。

　　"歌词是我从前的男朋友写的。"我不想再隐瞒他。

　　他不作声。

　　"你知道？"我问他。

他微笑。

"为什么不告诉我?"我问他,"为什么还要说这首歌动听?你用不着这么大方。"

"我真心觉得这首歌动听。一个男人,能够为一个女人写一首这样的歌,一定很爱她。"

"已经完了。他说每年除夕会写一首歌给我,这是其中一首,不会再有了。"

"我不是才子,不能为你做这样的事。"他带着遗憾。

"那你能为我做些什么?"

"每年除夕为你做一个手术,免费的,好不好?"他一本正经地说。

我被他逗得捧腹大笑。他一直知道我的过去,却不告诉我。

"你一点也不嫉妒?"我问他。

"如果嫉妒另外一个人,不是太没有自信心吗?"

我看着他的侧脸,那一刻,我爱上了他。

他握着我的手问我:"今年除夕,你会不会和我一起度过?"

"刚刚过去的除夕,我们不是在医院走廊一起度过了一分钟吗?"

我们集团旗下的一个商场打算在圣诞节跟电台合作举办一场大型音乐会,十一月初的一个周末,我跑去电台跟负责人洽谈时,在大厅碰到林方文,那是分手后,第一次跟他相遇。

"你好吗?"他跟我说。

"很久没有听到你的歌了。"我说。

"近来没有什么好作品,不听也罢。你来电台干什么?"

"我们赞助一场音乐会。"

"哦。"

接着,是一阵沉默。

"我走了。"我要比他先开口说分手。

"你离家的那一天,我在路上捡到一只纸飞机。"他说。

我心头很酸,回敬他一句:"乐姬近来好吗?"

他沉默。我潇洒地离开,心里却伤痛,为什么没有告诉他,我已经有男朋友,是不是我还舍不得他?

我约了徐起飞吃午饭,他完全看不出我有心事。他提议看电影,我却不想去。

"我带你去一个地方。"他说。

"我什么地方都不想去,我很累。"

"你会喜欢的。"他拉着我走。

他开车到沙滩。

沙滩上,有两个男人正在打沙滩排球。徐起飞跟他们挥手。

"你认识他们?"

"我们以前一起打排球的。他们每个星期都在这里。"他说。

"我和我女朋友一起加入。"他跟他们说。

我已经很久没有在阳光普照的下午打排球,许多快乐仿佛又回来了。我在沙滩上兴高采烈地打滚,满身都是沙,心不再酸,是徐起飞把阳光带给我。

后来有一天,我跟迪之和光蕙一起吃晚饭,迪之说:"我发现了一种新的胸罩很好,穿上以后,胸部很挺很大。你们一定要买。"

"你已经跟石油王子上床了！你说过女人突然想到买新胸罩，便是已经跟男朋友上床了。"我取笑她。

她淫笑："这还用说？我们早就上床了。你跟徐起飞上床了没？"

"我不回答你这个问题。"

"等于默认。医生上床会不会像做手术那样严肃？"

"你问小绵。"我说。

"小绵生了，是个男的。那天，我在街上碰到他们一家三口。小绵整个人至少胖了三十磅，脸上长满红疹，腰肢很粗，肚子很大，好像还有一个孩子在肚子里。"迪之说。

"你说得很恐怖。"我说。

"这不算最糟糕，最糟糕的是孩子长得一点也不像她，像极了大蚂蚁。"

"小绵是我们之中最早结婚生子的。"我说，"时间过得真快。"

"下一个可能是我，嘻嘻。"迪之甜丝丝地说。

光蕙突然伏在桌上痛哭起来，把我们吓了一跳。

"光蕙，你哭什么？"我问她。

"我到现在还是处女。"她呜咽。

我和迪之对望，不知道应该同情她，还是取笑她。

"我也希望自己是处女。"迪之说，"跟田宏上床的时候，我一直很懊悔，为什么我不是处女？当你爱一个男人，你会想把最好的东西留给他。可是，我现在做不到，但你还可以。"

跟徐起飞在一起，我从来没有后悔我已经不是处女，也不后悔把最好的东西给了林方文，是不是我还是爱林方文多一点？

一九八九年的除夕，徐起飞要在医院值班，他约我一月一日晚上吃饭庆祝新年。除夕，我跟着光蕙和孙维栋在兰桂坊一家法国餐厅吃晚餐。

孙维栋最近做了一件他自己引以为荣的事。他看见经常在诊所附近行乞的老乞丐满口坏牙，他把对方请进诊所，替他换了一口新牙。

"你根本用不着这样善心，很多乞丐其实很富有。"光蕙责备他。

他不以为然说："他很感激我。"

孙维栋总是不明白，女人要是喜欢你，即使你是一个十恶不赦的坏蛋，她还是喜欢你。如果她不喜欢你，你是善心人士也毫无意义。

孙维栋去洗手间时，我跟光蕙说：

"你不喜欢他，为什么要拖拖拉拉，已经一年多了。"

"是的，我闷得想吐，但甩了他，像今天这种节日，谁来陪我？"

"真的没有别的追求者？"

"有一个男同事追求我。他人不错，很勤奋，很有上进心，也很细心。"

"那为什么不考虑一下？"

"他跟家人住在屯门。"

"那有什么问题？"

"也就是说他的家境不好，他的薪水比我低。"

"你说他很有上进心。"

"我不想做长线投资。我把青春投资在他身上，他成功了，也许会爱上另一个女人。他失败了，我一无所有。我已经不想跟一个男人在街上等巴士。我不会嫁到屯门去。"

我突然很挂念徐起飞,即使他不是医生,我也不介意。我别了光蕙和孙维栋这对怨侣,在午夜十二点前赶到医院。徐起飞正在值班室内。

"新年快乐!"我倒在他怀里。

"新年快乐!"他抱着我说,"我正在想你。"

"我也在想你。"我温柔地跟他说。

"你不是跟光蕙和孙维栋一起的吗?"

"我希望你是我在一九九〇年第一个见到的人。"

"是的。一九九〇年了。"他吻我。

他的传呼机响起。

"护士找我,我出去看看。"

我独个儿留在医生值班室,那里有一台收音机。一九八八年除夕,林方文把歌送上电台,一九八九年除夕还会不会那样做?我扭开收音机,找到和去年相同的一个节目,主持节目的,仍旧是去年那位女DJ,播的是一首老歌,不是《明天》,也没有新歌,我很失望。徐起飞突然走进来。

"你想听收音机?"他问我。他的眼神告诉我,他看穿了我。

"不听了。"我说。

"我有一份礼物送给你。"

他从口袋里拿出一个小小的红色绒布盒给我。

盒子里面放着一枚白金钻石戒指。

"这是新年礼物,不是用来求婚的,放心。我替你套上去。"

他把戒指套在我左手的无名指上,大小刚刚好。

"你怎么知道我的手指大小?"

"我们两个人第一次约会的时候,你在车上睡着了,记不记得?"

"记得。"

"我偷偷用车上的一条绳子在你左手的无名指上量了一下,就知道你的指围了。那一天,我已经决定买一枚戒指给你。"

"为什么是那一天?"

"不知道。自从在教堂见过你之后,便想跟你在一起,可惜太迟了,那时你已经有男朋友。后来,你又变成单身,老实说，知道你跟男朋友分手，我很开心。"

对于徐起飞，我是无话可说。

迪之的除夕过得并不愉快。田宏与母亲、姊姊、继父和姨母一家人习惯每年除夕在希尔顿酒店参加舞会。迪之为了那场舞会，心情很紧张，她是头一次跟田宏的家人见面。一月一日下午，我接到她的电话，她在电话里表现得很消沉。

"是不是他母亲不喜欢你？"

"她不断在我面前称赞别的女人，都是千金小姐、律师、医生、建筑师之类，说她们喜欢田宏，我很尴尬。在他的家人面前，我连一点自尊也没有，好像我配不起他。"

"田宏怎样说？"

"他说最重要的是他喜欢我。"

"那你可以放心了。"

"我从来没有像昨天晚上那么自卑。"

为了安慰迪之，我答应请她喝下午茶。

我约了迪之在咖啡厅见面，迪之迟到，我碰到林方文的母亲。她刚好走进咖啡厅买蛋糕，她看见我，亲切地跟我打招呼。

"程韵。"

"伯母。"

"很久没见面了,近来好吗?林方文怎样?"她坐在我面前。

"我们分手了。"我有点尴尬。

她的表情很意外,问我:"为什么会分手?"

我不想说林方文的坏话,她也没有追问我。

"我不了解年轻人的爱情。"她叹息。

光蕙也来喝下午茶,她终于甩掉了孙维栋。她找到一个新的男朋友,那个人叫何明翰,是光蕙上司的朋友,是几家物业代理所的老板,非常富有。他比光蕙大二十岁,已婚。

"他疼我疼得不得了,我喜欢什么,他都给我。"光蕙春风满脸。她手上的钻石戒指比我那一枚大得多了。

"但他是有妇之夫。"我说。

"我和他在一起很快乐。"

"你这样不等于做了他的情妇吗?"迪之跟她说。

"情妇是很浪漫的身份。"光蕙说。

"我才不要做第三者,我要做正室。"迪之说。

"何明翰跟卫安不同,他很有情义。"光蕙揶揄她。

迪之冷笑:"他是不是跟你说,他跟那个女人已经没有感情,只有责任?他是不是说,你是他一生中最爱的女人?"

光蕙哑口无言。

"男人都是一样的。"迪之说,"他无论如何也不会离开那个女人。"

"我不需要他离开她。"光蕙倔强地说。

"也许有一天他会离开你。"我说。

"总比跟孙维栋在一起好,这个世界,好男人太少了,我没有你们两个那么幸运,找到条件好的单身男人。"光蕙苦笑。

迪之听到光蕙自怜,也内疚起来:"我也不见得好,我要跟一个封建家庭对抗。"

"可能是我有问题吧,我迷恋有缺憾的爱情。我现在才发觉林放从前写给你的《明天》写得真好。"光蕙哼着歌:

告诉我,我和你是不是会有明天?

时间尽头,会不会有你的思念……

迪之极力讨好田宏的母亲，圣诞节还没到，她已经在想该送什么礼物给她。我倒想送一件毛衣给徐起飞。那天，我们一起逛百货公司。"你爱徐起飞吗？"迪之问我。

"为什么这样问？"

"我觉得你好像还是爱林方文多一点。"

"为什么这样说？"

"只是一种感觉。"她说，"你忘了我们的月经是同一天来的吗？我和你有心电感应。"

"我现在爱徐起飞。他对我很好。"

"你最大的弱点便是爱才。"迪之说。她突然推了我一下，说，"你看看是谁。"

我看到乐姬，她一个人在那里买男用内裤。她手上正拿着一条黑色三角裤。

"林方文爱穿这么性感的内裤吗？"迪之问我。

"也许他的品位改变了。"我说。

"我们走吧。"我说。

太迟了，乐姬看到我和迪之，便主动走到我们跟前来。

迪之跟她说："替男人买内裤，不是每个女人都做得到的。

你真开放!"

乐姬不甘示弱,说:"有什么稀奇,你不会没看过男人穿内裤吧!"

"林方文好像不喜欢穿黑色的。"我说。

"不是买给他的。"乐姬潇潇洒洒地说,"我跟他分手了,真不明白,你如何忍受他。"

我以为我一直在努力忘记林方文,可是听到他和乐姬分手,我竟然有一个很坏的想法,他会不会回到我身边?

回到家里,当我走进卧房时,竟然听到埃尔加的《爱情万岁》。原来是林方文送给我的瓷像老人音乐盒在拉小提琴,不可能的。

"可能是刚才替你收拾房间的时候不小心碰到了开关。"母亲说。

为什么那样巧合?瓷像老人幽怨地拉奏一百年前的盟誓,每一个音符都教人伤痛。

电话也在那个时候响起。

"喂——"我战战兢兢地拿起话筒。

"是我。"是徐起飞。

"告诉你一个好消息,今年除夕我不用值班,可以陪你。你喜欢到什么地方吃饭?"

"去哪里都可以。"我的心很乱。

"去兰桂坊好不好?"

"好。"

"起飞——"

"什么事?"

我突然不知道该跟他说些什么,也许想知道我爱他有多深。

"什么事?"

"我们一起度除夕。"我告诉自己,忘了林方文吧。回去他身边,只会换来多一次痛苦,也许他已经不爱我了,而徐起飞是我实实在在掌握得住的男人。

我戴着徐起飞去年除夕送给我的钻石戒指,跟他在兰桂坊一家法国餐厅吃除夕晚餐。看到我戴着戒指,他很快乐。

我在烛光下凝望徐起飞,他的脸很好看,甚至比林方文好看,他的脸上没有辜负。我应该是爱他的。

"为什么这样看我?"

"没什么。"我说,"我有一份礼物送给你。"

我把一件灰色喀什米尔毛衣送给他。

"冬天的时候,可以穿在西装里面。"我说。

他很喜欢,坚持现在就要穿上。

"可惜我打毛衣的技术很差劲,我该打一件毛衣给你。"我有点惭愧。

"挑选一件毛衣也很费心思的。女人不应该把青春花在打毛衣上面,我也有一份礼物送给你。"

他从口袋里拿出一盒礼物给我,我打开盒子,里面有一块女用皮带腕表,很精致。

"你用不着送这么昂贵的礼物给我。"

"你戴上会很好看的。来吧,我替你戴上它。还有一个钟头便是一九九一年了。每年除夕晚上,我们一起看时间,好吗?"

我点头。

离开餐厅时是十一点四十分,街上挤满了人,我们到酒吧喝酒。

我走进人群里找洗手间,这个时候,有一个人叫我,我回头，原来是林方文，没想到竟然在除夕夜碰到他。

"你跟谁一起来？"他问我。

"男朋友。"

那是我第一次向他提及男朋友。

他看起来有点无奈。

"对不起，我要上洗手间。"我冷冷地跟他说。他用身体顶住人群，留一条小路让我通过。

"谢谢你。"我说。

在洗手间里，我在镜前端详自己，想起林方文背叛我的岁月，需要很久很久，那个伤口才不会再痛，我若爱惜自己，便不要软弱。我深深呼吸了一口气，离开洗手间，他站在洗手间门外等我，像一个沮丧失意的孩子。

"再见。"我跟他说。

酒吧里有人高声宣布还有一分钟便是一九九一年了。人愈来愈多，一个外籍女人差点把我推倒。

林方文连忙拉着我的手。

酒吧里人声鼎沸，大家准备迎接新年。

"和我一起度过这一刻好吗？"他紧紧握住我的手。

"我们曾经这样的,只是你不珍惜。"

"我很挂念你。"他抱着我。

我推开他,骂他:"乐姬走了,你太寂寞,是不是?"

我挤进人群中,心酸得任由人群推撞,突然有一只温暖的手拉住我,是徐起飞。"你到哪里去了?我四处找你。"他焦急地说。

酒吧内有人倒数一九九〇年的最后五秒。

"我差点以为我们会错过这一刻。"徐起飞拥抱着我。

一九九一年来临了,人群欢呼,我喝了一口香槟,像水果那样甜,但调和不了心里的酸。

"新年快乐!"我跟徐起飞说。

我回头,没看见林方文。

新年过后第一天上班,我的上司问我,是否愿意经常去内地做商品推广的工作,如果我愿意的话,他会升我做推广经理,薪水也大幅提高,还有出差的津贴。他给我三天时间考虑。第二天,我答应了他。

"你有没有考虑过徐起飞?"迪之问我。

"这是一个很好的机会。"我说。

"但你一年之中有四个月不在香港，徐起飞怎么办？"

"他的工作也很忙碌。"

"你有没有跟他商量？"

"他不会反对的。"

"你不害怕失去他吗？他条件这样好，自然有很多诱惑。"

"不会的，他那么爱我。"

"你知不知道自己在做什么？你在虐待自己。本来很幸福，却要把自己弄得很孤单。"迪之骂我。

"爱情太不可靠了，只有事业才是一分耕耘一分收获的，我想有自己的事业。"我说。

"如果你真是这样想就好了。"

徐起飞是最后一个知道这件事的，我一直不知道怎样跟他说。那天吃饭，他很开怀，那阵子他收到一位女病人很多封情书，我们常常拿那些情书来开玩笑。

"我还没收过你写的情书呢。"我跟他说。

"我写得不好，怕你取笑我。"

"好歹也写一封嘛，我很想收到男孩子的情书。"

"这比起做一个大手术更困难。"他笑着说。

"有一件事想跟你说。"

"什么事？"他问我。

"以后我经常要到北京工作，一个月会在那边十到十二天。"

他的笑容突然僵住了。

整顿晚饭，他没有再跟我说话，他心里一定气我事前没有跟他商量便选择了以后相处的方式。

在车上，他一直没有望我，他从来没有对我那么冷漠。他把车停好，准备送我上去。在停车场，他终于忍不住开口问我：

"你有没有考虑过我？"

"这是一个好机会，你也知道，内地发展的潜力很大。"

"我不想听这些！"他发怒。

他头一次对我那么凶。

"你在逃避我！"他说。

"胡说。"我反驳，"你太自私了，你希望我留在你身边，不希望我有自己的事业。"

"你知道我不是的。"

"我不想有一天，当我的男人离开我，我便一无所有。"我呜咽。

"你知道我不会的。"他认真地说。

"谁又可以保证明天呢？"

"你可不可以不去？"

"我已经答应了别人。"

"难道只有这份工作才有前途？"

"我没有别的选择。下星期一我便要去，对不起。"

"也许我提出分手你也不会反对。"他说。

我站在那儿，没想到他会提出分手。我没有再看他，掉头跑回家。我一个人跑进电梯里，放声大哭。我骗到徐起飞，却骗不到自己。是的，我在逃避林方文，我想离开这个地方，放逐自己，或者把自己关起来，让自己孤单、伤心、寂寞。我想虐待自己，我害怕会辜负现在爱着我的男人，回到从前那个辜负我的男人身边，唯一的方法，便是逃避。

徐起飞一直没有再来找我。在我准备出门的那天早上，他出现了。

"我来送你去机场。"他温柔地说。

他替我拿行李,走在前面,我看着他的背影,那么坚强,那么温柔,那么值得倚靠,我却逃避他,我酸楚地流泪。在车上,我俩默默无言,我不知道他是好歹做一个完美的结局,见我最后一面,送我一程,还是他决定回到我身边,也许他自己也拿不定主意。

在机场,他替我办好登机手续。

"你该进去了。"他跟我说。

"你没有话要跟我说?"我突然有点舍不得。

"你什么时候回来?"他问我。

"下星期一晚上。"

"我来接你好吗?"他脸上绽露笑容。

我微笑点头,投入他怀里,他把我抱得好紧,跟我说:"对不起,让你伤心。"

我在他怀里摇头,我怎能忍心告诉他,让我伤心的,也许不是他。

原来有本事让人伤心的人,才是最幸福的,是两个人之间的强者。我和徐起飞都不是强者,林方文才是。

在北京的工作比我想象中忙碌，原以为在那个地方我可以仔细想想我和两个男人的爱情，结果我连休息的时间都没有。在北京七天，我连故宫和天安门也没去过。离开北京的早上，还要参加一个冗长的会议。

黄昏时，我匆忙赶回酒店收拾行李。当我走出电梯，徐起飞竟然站在我的房间门外。

"你不是说会接我的吗？"

"我现在不是来了吗？我来这里接你回去。"他说。

出于感动，在飞机上，我跟徐起飞说："我放弃这份工作好吗？那么我们便不用分开。"

"这是你的事业，不要那么容易放弃，我不是一个自私的人。"

"你太伟大。女人固然不必太伟大，但男人太伟大可能会失去一个女人。"我说。

"如果结果是这样，我也无话可说。"他握着我的手，温热着我的心。

回到香港的那天晚上，我接到林方文的电话。

"有空一起吃饭吗？"他问。

"有什么事可以在电话里说。"我冷冷地跟他说。

"没什么。"

我挂断电话。我为自己能拒绝他而骄傲,曾经,他主宰了我的一切。

留在香港的十几天,我有一半时间跟徐起飞在一起。因为他,我才有拒绝林方文的勇气。我很想告诉他,林方文找过我,希望他会嫉妒,会阻止我,我怕没有能力继续拒绝林方文。可是,我没有勇气告诉他。我若把事情告诉徐起飞,他一定会从我脸上看到我的眷恋和迷惘,恼恨我仍然爱着林方文。

离开香港往北京工作的前一天晚上,徐起飞要值班,我一个人在家里收拾行李。这个时候,电话响起,我以为是徐起飞。

"程韵,是我。"是林方文。

"我就在附近,你可不可以出来见个面?我保证不会有任何事情发生,我只是想找一个朋友倾诉。"

他从来不曾在我面前那么低声下气,我心软了,答应出去跟他见面。

他在我家附近的公园等我。

"我来了，有什么话要跟我说？"

他一直不说话。

我按捺不住，问他："你是不是打算继续沉默？如果你没有话要跟我说，我想回去。"

"我只是想看看你。"他凝望着我。

我硬起心肠问他："那么你看够了没有？"

"你变了。"他说。

"是的，我已经不是那个躺在你胸膛上看月光的女孩子，也不是那个听到你的情歌会流泪的女孩子。"

"你恨我？"他问我。

"我无须隐瞒你。"

他苦笑："你现在快乐吗？"

"很快乐。"我故意幸福地微笑。

"那就好了，我不会再骚扰你。我只是担心你不快乐。"

"你太自大了，没有你的日子，我也生活得很愉快。"

"是的，你脸上写着幸福两个字。"

"是吗？谢谢你。我要回去收拾行李，我明天要去北京。"

他笑得很无奈。

"再见。"我跟他说。

"再见。"他说。

我转身离开,离开他的视线。我刚才装作很幸福的样子,不过用来抵抗他的诱惑。他的觉悟来得太晚了。

我听到口琴的乐声,应该是很远的,却沉重地压在我的心里,那首歌是我熟悉的,是林方文写给我的除夕之歌:

> 这一切的败笔,是因为我的怯懦,你的愚痴?
> 千年的等待,难道只为了等待一次缘尽,一次仳离?
> 难道这年代,真是一个属于翅膀和水生根的年代?
> 能漂的都漂走,能飞的都远逝。
> 只有思念和忘怀,只有无奈和无奈——

我仍然是那个听到他的情歌会流泪的女孩子。

我在北京和香港之间来回了很多次,林方文遵守诺言,没有再来找我。对他来说,那天晚上求我跟他见面,已经很不容易，他从来不会求我。

八月的时候，迪之和光蕙结伴来北京看我，我们一起游故宫，那还是我头一次游故宫。

"上次我们一起去旅行是两年多前的事了。"我说。

"是啊！我觉得自己老了。"光蕙说。

"那是因为你跟一个年纪比你大二十岁的男人谈恋爱。"迪之跟她说。

"你和他怎样？"我问光蕙。

"我来这里之前，刚刚和他吵架。"

"为什么？"

"因为他太太。"

"我早就警告过你。"迪之说，"这是第三者的下场，不会有结果的。"

"你呢？"我问迪之，"你的伯母政策有效吗？"

"我来这里之前刚刚跟田宏吵架。我愈来愈忍受不了他，准确一点说，我是忍受不了做他的女人的压力，我很累。"

"我也累，真是怀念没有男人的日子。"光蕙倚在我肩膀上说。

"我也很累。"我说,"有一个男人对你好,也是一件很疲累的事。"

在迪之和光蕙离开北京前的一天晚上,我们结伴去吃清真烤肉,庆祝迪之跳槽到一家新的唱片公司当公关经理。穆斯林的烤炉有一张六人饭桌那么大,我们一边烤牛肉,一边唱《明天会更好》,迪之提议喝五加皮,我和光蕙只能奉陪一小杯。

"我也有一个好消息告诉你们,我刚刚完成了一宗买卖,价值一千两百万。"光蕙说。

"佣金不少呢,恭喜你!"我跟光蕙干杯。

"去他的男人!"迪之说,"我们不需要男人。"

"是啊!我们不需倚靠男人,也有本事活得很好。"光蕙说。

"我需要男人的。"我说,"我才不要跟你们两个人一生一世。"

"你猜你会不会嫁给徐起飞?"迪之问我。

"我也不知道。"

"你别忘了我们三个人的协定,如果你最先出嫁,要赔偿我们每人五千元。"光蕙说。

"也许是迪之先出嫁呢。"我说。

迪之喝了一口五加皮,没理我们。

饭后,我们手拉着手逛天安门。喝了五加皮,我的身体发烫。

迪之醉醺醺,问我:"什么是一生一世?"

我正在思索一个最好的答案,迎面而来的,是三个北京青年,打扮很前卫。跟三个青年走在一起的,如果我没有醉眼昏花,应该是林方文。在那个广阔的天地里,当我思索着一生一世的问题时,何以偏偏遇上他?

"很久没见面了。"林方文望着我说。

林方文望着我,想说什么似的,我浑身发热,身体像被火烫一样,什么也听不见就昏了过去。

醒来的时候,我睡在酒店房间的床上,迪之和光蕙坐在床边。

"你喝醉了,刚才在天安门昏倒,是林方文把你抱回来的。"迪之告诉我。

"他走了?"

"走了，他一直抱着你回来，他抱着你的动作真好看，他是很适合抱着你的。"迪之躺在我身旁说。

"他好像还很爱你。"光蕙也躺在我身旁。

"迪之，你刚才不是问我什么是一生一世吗？"我问她。

"是的。"

"一生一世是不应该有背叛的。"

"不。"光蕙说，"一生一世是那个人背叛了你，你仍然希望他回到你身边。"

"我没有这个希望。"我说。

"那忘了他吧！"迪之说，"才子不太可靠，还是医生比较脚踏实地。"

"他为什么来北京？"我问迪之。

"那三个北京青年是一支地下乐团，他跟他们是好朋友。"

北京的冬天来得很早，十月已有寒意，十一月已经要穿上大衣了。十一月底，是我那一年度最后一次需要去北京工作，徐起飞送我到机场。上飞机前，他把一个纸袋交给我，纸袋里有一盒沉甸甸的东西。

"是什么来着？"

"你上了飞机再看。"他神秘地说。

在飞机上，我打开盒子，原来是一件风衣，捧在手上，很温暖。徐起飞应该正在车上，想到我看见这份礼物时，会幸福地微笑，可是我没有，我毫不感动。我对自己的反应有点吃惊，从前他为我做的每一件事，我都感动，可是，自从在天安门再碰见林方文之后，徐起飞已经不能感动我了。我对他所做的事，开始无动于衷。

那一次我从北京回来，他来接机，看见我没有穿上那件风衣，很失望。

"那件风衣是不是太大了？"他问我。

"不是。"

他没有再追问。

十二月三十一日，徐起飞不用值班，可以陪我度除夕，我们选择跟去年一样在兰桂坊一家法国餐厅吃饭。

我买了一块塑胶手表送给徐起飞，他很喜欢。

"这个型号很有收藏价值呢。"他说。

我花了很多时间，才找到那块手表，我觉得应该对他好一点，我不断辜负他。

他送给我的礼物是一枚蓝宝石戒指，是秋天里天色刚晚的蓝色，很漂亮。

"为什么是蓝宝石戒指？"我问他。

"我们的爱情是蓝色的。"

"蓝色？为什么？"

"像秋天里天色刚晚的蓝色，我不知道它是否会变成黑夜，还是经过了黑夜之后，又会再度明亮。"他凝望着我，有点迷惘。

我突然下定了决心："对不起。也许我们应该分手。"

他听到这两句话，嘴巴紧闭着，脸有点发青。

"我替你套上戒指。"他伤感地拉着我的手。

"不，不要给我，你留给一个更值得你爱的女孩子吧。"我难过地说。

他低下头，一直默默地吃光面前的东西，没有理会我。临危不乱，也许是他的职业习惯。

晚上十一点三十分，他吩咐服务生结账。

"我们出去倒数。"他站起来。

"你先收回戒指吧。"

"给你的东西,我是不会收回的。"他拉着我的手离开,没有理会放在桌上的戒指,我唯有把戒指放在我的皮包里。

兰桂坊的主要通道上都挤满了人,人潮比往年更厉害。许多人在临时搭建的舞台前面等候倒数,舞台上有乐队演唱。徐起飞拉着我的手走进人群里,他的手很冷,他使劲地握着我的手,丝毫不肯放松。

"我的手很痛。"

"对不起。"他轻轻放开了我的手,"我怕你会走失。"

外籍主持人拿着一瓶香槟跑上台,他说是新年礼物。他询问哪一位观众想拿走那份新年礼物,兰桂坊里所有听到这句话的人,差不多都举手,我没有,但徐起飞举起了他的手,他昂首挺胸,以志在必得的神情遥遥盯住台上的洋人,洋人也许被他的坚定慑住了,在千百只高举的手之中,选择了他。看着他跑上台,我很讶异,他从来不会做这种事。

徐起飞从洋人手上接过香槟,对着扩音器宣告:"程韵,I love you forever!"他以哀伤的眼神望着我,整个兰桂坊的人都为他鼓掌。

徐起飞捧着香槟跑到台下，我和他的距离差不多有二十米，人群将我们分开。外籍主持人在台上带领大家倒数最后十秒迎接一九九二年的来临，台下的观众忘形地喝彩，人潮从四方八面拥到，我看见徐起飞吃力地穿过人群，想走到我身边。他那么强壮，却被人群挤压得露出痛苦的表情，我尝试走向他，双脚不断被人践踏，他示意我不要再走，他正努力走向我。

台上的外籍主持人倒数一九九一年最后三秒，徐起飞和我之间，还相隔了几十个人，他一定很想和我度过那一刻，我也渴望可以跟他度过我们在一起的最后一个除夕，可是，我们都要失望。整个兰桂坊的人狂欢、跳舞、喝酒、喷出缤纷的彩带，一九九二年来临了，徐起飞终于来到我面前。

"新年快乐！"我跟他说。

"对不起。"他抱着香槟说，"如果不是为了这瓶香槟，便不会错过跟你一起倒数。"

"我们只是迟了片刻。"我安慰他。

"迟了就是迟了。"他沮丧地垂下头，把香槟放进口袋里。

"对不起，是我负你。"我跟他说。

"你从来没有忘记他？"他问我。

我无话可说，我骗不到他。

"你和他复合了？"

"没有。"

"那为什么？"

我凝望着他，不忍心告诉他我对他的爱太少太轻了。

我把放着蓝宝石戒指的绒布盒子从皮包里拿出来给他："这个还给你。"

他接过绒盒，放在口袋里。

"我送你回家。"他平静地跟我说。

"不用了。"

"走吧！"他拉着我的手。

我双脚很痛，走了几步路，已经走不动了。

"我走不动。"我跟他说。

我坐在石阶上，双脚痛得几乎失去感觉。

"我替你脱掉鞋子看看。"

他替我脱掉鞋子，我的脚趾正在淌血。

他从口袋里拿出那一瓶香槟，"嘭"的一声拔掉瓶塞。

"你干什么?"

他把香槟倒在我的双脚上。

"酒精可以消毒。"

他从口袋里拿出一条手帕,细心为我洗擦伤口。金黄色的香槟麻醉着血肉模糊的伤口。

"想不到我会用这种方法来喝香槟。"我苦笑。

"还痛吗?"他问我。

"不那么痛了。"

"新年快乐。"他跟我说。

"新年快乐。"我说,"你会不会恨我?"

"你以为呢?"

我点头。

他失望地说:"你还不了解我,现在或将来我也不会恨你。我仍然觉得你在教堂里唱歌的模样很可爱,真的很可爱,值得我为你做任何事。我们可以在一起两年已经是我意料之外的事,我以为你不会给我机会。虽然你没有爱过我……"

"不。"我阻止他说下去,"我曾经爱过你,只是那些岁月太短暂。你对我来说,是太好了。"

"我们回去吧。"我跟徐起飞说。

"你走得动吗?"

"可以的。"我强忍着痛楚。

"我来背你。"

"不用。"

"让我为你做最后一件事情吧。"他在我跟前弯下身子,"来!"

我拎着鞋子,爬到他背上。

"我是不是很重?"我问他。

"因为他是你的第一个男人?"他问我。

"因为我不想骗你。"我说。

"你跟我做爱时,是不是想着他?"他问我。

"为什么要这样问?"

"我想知道。"他一边走一边说。

"不是。"我说了一个谎让他好过点,事实上在我第一次跟他做爱的时候,我是想着林方文的,以后有好几次,我也是想着他,但也有好多次,我只想着徐起飞。

我看不到徐起飞的脸,不知道他是否相信我的话,是哀伤,还是凄苦地笑。

他把我放在车上,开车送我回家,他的皮鞋原来也破了。

"你的脚有没有受伤?"我问他。

"没有。"

他背着我爬上楼梯。

"再见。"我跟他说。

他吻我,我没有反抗,他抱紧我,把脸贴着我。

"再见。"他说。

我从窗口看着他离去,才发现他走路一拐一拐的,他的脚一定也受了伤。

除夕之后,我再去北京出差,徐起飞没有来送行,他永远不会再出现了。除夕夜,看着他离去的背影,我很想收回我的话,尝试再爱他一次,可是,我还是铁石心肠。如果光蕙知道,她一定说我傻,在还没找到另一个男人时便跟他分手。也许是因为孙维栋吧。看着他被光蕙折磨,尊严丧尽,我不希望一个用心爱我的男人受那种折磨。

从北京回来,徐起飞没有来接我。一个人提着行李等出租车原来是很寂寞的,却比以前轻松,我不用再背负一个男人的爱。

回到家里,案头有一封信,我打开信封,是徐起飞写给我的信,信里说:

> 不能把你留在身边,不是你的过错,而是我的失败。在你曾经爱过我的那些短暂岁月里,我或许是世上最幸福的人,只是那些日子已成过去,要留也留不住。我知道爱不可以乞求,如果我能够为你做一件事,便是等待。

我曾经对他说过我从来没有收过男孩子的情书,他说要他写一封情书比起做一个大手术更困难,他终于写了,而我能为他做些什么?原来当你不爱一个人,他的情书只是一份纪念品而已。

晚上,我接到徐起飞的电话。

"我们一起吃饭好吗?"他问我。

"不行,我约了迪之和光蕙。"我找个借口推掉他。

他沉默。

"你的脚怎样?"我问他,"那天晚上,我看到你走路一拐一拐的。"

"不要紧,只是擦伤了,你一直望着我离去?"

"起飞,"我说,"忘了我吧!"

"明天我要负责一个大手术,是我从没有做过的。手术失败,病人便会死。我想跟你见面,最后一次,好不好?"他用失去自信的声音请求我。

我无法再拒绝他。

一个小时后,我们在餐厅见面,他的样子很颓丧。

"你不用为手术做准备吗?"

"要的。"他叫了一瓶红酒,问我,"要喝吗?"

"你还喝酒?"

"我唯一可以做的准备便是喝酒。"

他喝了一口酒。

"我替你喝。"我拿过酒杯。

他握着酒杯不肯放手,说:"请让我喝酒,世上也许没有一个不喝酒的外科医生。"

"为什么?"

"压力太大了。"

"但你从来没有像今天晚上喝得这么多。"

"因为从前有你,只要看见你,我就会忘记所有压力。"他不理会我的劝告,悲哀地喝酒。

"请为病人着想。"我责怪他。

"我也是病人。"他苦笑。

"那我陪你喝。"我跟徐起飞一起喝光那瓶红酒。

"好了!不能再喝了。"徐起飞站起来说,"再喝的话,明天便不能做手术,我不可以要另一个人因为我的失恋而赔上性命。"

"你一直是一个很理智的人。"我说。

"我一直想做一个不负责任的人。"他苦笑。

离开餐厅,徐起飞问我:"我可以再抱你一次吗?"

我点头。

他用身体把我包裹着,十根手指紧紧抓住我的背部,我的背很痛,他的脸很烫。我让他抱着,不知道他想抱多久。

"我不想失去你。"徐起飞苦涩地说。

我没有说话。

他终于轻轻地放开手:"再抱下去我就舍不得放手了。"

"你有没有喝醉?"我问他。

"我从来没有醉过,太清醒可能是我的悲哀。"

"手术什么时候开始?"

"明天早上七点四十五分。"

我看看腕表,已经差不多是凌晨两点了。

"你快点回去休息,答应我,明天早上你会做得很出色的。"

他点头。

我在床上想着徐起飞,我真害怕他的手术会出乱子,那么,他的前途便完了。我迷迷糊糊地睡了,醒来的时候,刚好是清晨七点四十五分,他应该已经在手术室做好准备。

他说手术需要六个小时,我在办公室里一直忐忑不安,下午两点钟,我传呼他。两点三十分,他仍然没有回电话给我,我再次传呼他,终于,在三点钟,他回电话给我。

"手术成功吗?"

"很成功。"

"恭喜你。"

"谢谢。"

他的语气很平淡，跟昨晚判若两人，我有点意外。

"那没什么了。"我说，"再见。"

"再见。"他挂了电话。

他已经决定忘记我，他开始用恨来忘记我。

在家里收拾东西的时候，我把徐起飞写给我的信放在抽屉里，我大抵不会再看了，他已经有三个月没有找我。他比我想象中平静得快，那是他的职业习惯。他习惯了坚强、自信、不悲观、不乞怜。那个早上，当他完成了一项艰巨漫长的手术之后，他已经决定忘记我。从他说话的语气里，我完全感觉得到。他突然接受现实，我却依依不舍。原来一个曾经多么爱你的男人，有一天，也会变得很绝情，他最爱的，还是自己，他不希望自己再受伤害。

跟徐起飞分手后不久，小绵曾经打电话给我。

"你们分手了？为什么？"

"他现在怎么样？"我问小绵。

"他表面上没有什么，你知道他们干这一行的，心里怎么想，表面上是看不出来的。我替你们可惜，他是个很好的男人。"

"我知道。"

"真希望可以看到你结婚。"她说。

我苦笑:"应该会有那一天吧!"

"告诉你一个好消息,"她喜滋滋地说,"我怀了第二胎,希望是女的吧。"

"恭喜你,你是我们当中最幸福的一个。"

"也许是我的要求比较简单吧。"

小绵选择了一条最正常的路,她说,她嫁给一个养得起她的丈夫,生两个孩子,相夫教子。未来的日子,是为儿女该上哪一所幼儿园、小学、中学和该到哪个国家留学而烦恼。四十岁时,担心丈夫有外遇,侥幸过了这一关的话,便要为儿子娶什么女人、女儿嫁什么丈夫而操心。并非每一个女人都要得到最好的爱情,她们明白代价。只有我这种女人,才会为了虚无缥缈的爱情浪掷青春,到头来一无所有。

公司在北京的业务已经上了轨道,并且聘请了两名职员,专责北京事务,我的工作基地又变回香港。

"林方文好像也是一个人。"迪之告诉我。她的消息来自唱片界。

"一个才子不可能没有爱情的，否则就写不出情歌了。"我说。

"失恋也是创作的泉源。"迪之说。

"你很少会说出这么有智慧的话。"

"你这么刻薄，真该由林方文来收服你。"

"你既然和徐起飞分手，为什么不去找林方文？你也不过是为了他吧？"光蕙问我。

"我跟徐起飞分手，是因为我不爱他，而不是为了林方文。"

"如果林方文从来没有出现，你便会死心塌地爱徐起飞。"光蕙说。

"恋爱是不能假设的。"

"二十五岁，我们都快二十五岁了，好像还是昨天的事。"迪之有感而发。

"我曾经以为自己会在二十七岁结婚的，现在看来是不可能了。"光蕙说。

"很难说，世事变化万千。"我说。

"我会搬出来住。"光蕙告诉我们,"他替我租了一套房子。"

"你要正式当他的情妇?"迪之问她。

"这样你会快乐吗?"我问光蕙。

光蕙点头:"我一直渴望嫁给一个爱我而又让我生活得很好的男人,他唯一做不到的,只是跟我结婚。"

"你有没有想过,当你老了,他回到太太身边,你便一无所有。"我说。

"你现在不也是一无所有吗?至少我和我爱的人在一起。"

星期天,我们替光蕙搬家,她的新房子在跑马地,她终于可以搬去跑马地了,虽然不是嫁过去,倒也和嫁过去差不多。房子有八百多英尺,装潢很女性化,听说上一个房客也是一个单身女人。单元里有一个小阳台,比林方文家那个阳台大。我站在阳台上,看着一群男孩子在马场草地上踢足球。

"那个穿绿色球衣的很英俊啊。"迪之说。

"你又在看男人?"光蕙走出阳台看热闹,"你已经有田宏了,他不是运动健将吗?"

"他不喜欢踢足球,他嫌踢足球野蛮,我倒喜欢看野蛮的男人。"

"男人本来就很野蛮。"我说。

"是吗?"光蕙问我。

"他们比女人原始,他们的需要也很原始,所以从来不懂得爱。"

"是的,女人比男人擅长爱。"迪之说。

"所以女人常常吃苦。"光蕙说。

"男人对女人就像对待脚下的球,他们只想控制它、驾驭它。"迪之说。

"我喜欢被驾驭的,真的,那是很幸福的。"光蕙笑着说。

"你呢?"迪之问我。

"我在寻找一个男人,只要别人在我面前提起他,我就会俏皮地吐吐舌头,我想做他的坏孩子。"

"但你却爱上一个坏孩子。"迪之取笑我。

"事与愿违,世事都是这样的。"光蕙说。

"不,你们不了解林方文。"我说,"他曾经控制着我的喜怒哀乐,我做每一件事,都是为了令他满意。"

迪之苦涩地望着我们:"我突然不知道最爱哪个男人。"

"也许是太多的缘故。"我说。

二十五岁,是应该过独立生活的时候了,我决定拿积蓄买一套小房子,我看过很多房子,湾仔那一套最便宜,地点也好。最后,我还是选了跑马地的那套,屋龄比湾仔的那一套老,面积也较小,售价却贵了十万元,因为跑马地的单元里,有一个小阳台。虽然三个人一起挤在阳台上,就再也没有多余的空间,那只是一个很小很小的阳台,却给我很大的满足感。

替我搬家的那一天,光蕙跟迪之说:"你也搬来跑马地吧,我们大家可以互相照应。"

"等我结婚后再搬来吧。"迪之说。

"你跟田宏结婚?"光蕙问她。

"他说过会娶我的。"迪之躺在我的床上说,然后她又问我,"你为什么买单人床?"

"我一个人睡,当然买单人床。"

"有男人来留宿怎么办?"

"我一个男朋友也没有,谁会在这里留宿?"

"林方文送给你的瓷像老人,你也搬来了?"光蕙按下音乐盒的开关钮,埃尔加的《爱情万岁》从音乐盒里转出来。

"太凄怨了。"迪之抱着我的枕头。

"不要再听了。"我把音乐关掉。

"林方文知不知道你跟徐起飞分开了?"光蕙问我。

"我怎么知道他知不知道?"

那天晚上睡觉时,我还是听了一遍《爱情万岁》。

搬来后不到十天,一天晚上,迪之深夜来拍门,我开门的时候,她哭得像个泪人。

"田宏交了新的女朋友。"

"今天晚上他不在家,我随便翻翻他的抽屉看看,看到一张照片,是他跟一个女人手牵手拍的,是十天前。那天,他告诉我,他要陪他妈妈吃饭,原来是跟那个女人在一起。"

"你有没有问过田宏?"

"没有。我离开的时候,他还没有回家。"

"为什么不问清楚呢?"

"问了又怎样?难道要他亲口对我说,他爱上另一个女人,他已经不爱我了?我已经受过男人很多伤害,我不想再伤害自己。"

"你打算怎样？"

"离开他。"

"你可以那么潇洒？"

"我不是今天才发现他不爱我的，我今天为什么要翻他的抽屉？正是因为我觉得他不再爱我。"迪之哭着说，"他已经三个月没有跟我做爱了。"

我很讶异，迪之一直没有把这件事告诉我，她一定很痛苦。

"我偷偷找过卫安，跟他上过两次床。我不爱他，但我有那个需要，我觉得自己像一个怨妇。当一个男人不再碰你，那就完了。"

"是什么原因？他不是说过会娶你吗？"

"他还不想安定下来，所谓美丽的婚礼不过是一部分的情话罢了。每个男人都说过会娶我，结果呢？我曾经很看不开，但对田宏，我是心死了。明知道留不住的，不如潇潇洒洒地放手。我觉得我的心好像有一道疤痕，早已经结成厚茧，现在即使再被伤害一次，也不像从前那么痛了。"

"我叫光蕙买酒来，我们一起喝酒好不好？"我向她提议。

"好！我想喝酒。"迪之哭着说。

光蕙很快便捧着两瓶香槟来到。

"这两瓶香槟很贵的。"光蕙依依不舍。

"用来庆祝分手最好！"迪之抢过香槟。

我站在阳台上喝第一杯香槟，向天空说："爱情万岁！"

阳台下，一辆红色法拉利跑车戛然而止，一对男女下车，那个女的是乐姬，这两个人好像正在吵架。

"你们快来看看。"我把迪之和光蕙叫到阳台上。

那个男人看来有三十几岁，衣履光鲜。乐姬穿着一件白色外套、一条粉红色迷你裙，展露她最引以为傲的一双玉腿。他们正在吵架，我听不到他们吵什么，那个男人好像发很大脾气，他们吵了一阵子，男人要上车，乐姬拉着他，男人坚持要上车，乐姬在哭，男人甩开她。上车后，还把她的皮包抛出车外。乐姬用身体把车子挡住，那个男人竟然开车离去，乐姬可怜兮兮地蹲下来捡起地上的皮包。

"她也有今天。"迪之笑说。

"那个男人，我好像在一本财经杂志上看过他的照片。"

光蕙说。

"乐姬的男朋友非富即贵,再不就是很有名气的。"我说,"林方文是个例外。"

"征服林方文有满足感嘛!"光蕙说。

"来!我们为乐姬被男人抛弃干杯!"迪之把一瓶香槟倒在街上。

"这瓶香槟很贵的!"光蕙制止她。

香槟像一阵雨洒在乐姬身上,她抬头看看是谁在恶作剧。

"嘿!"迪之向她扬手。

我和光蕙拉着迪之飞奔回屋里,三个人倒在地上大笑。

"你猜她知道是我们吗?"迪之问。

"这里是十五楼,她知道才怪!"光蕙说。

"我爱死这个阳台了!"我说。

若不是那个阳台,我不会看到像乐姬这样战无不胜的女人,竟然向一个男人乞怜,她也不过如此吧?多么不可一世的女子,在爱情或物质面前,还是要低头。

迪之和田宏的分手很简单。一天,她趁田宏不在家,回去收拾自己的东西，离开的时候，她把他和那个新欢手牵手的照片用胶水粘在大门上。

那天之后，田宏没有找她。曾经多么缠绵的两个人，就这样平淡地分手了。分手后的迪之，反而开心了许多。田宏有三个月没有碰她，那三个月的煎熬，比分手更难受，我们只是接受不了突如其来的分手。

一九九二年的夏天来了，只有光蕙仍然陶醉在恋爱中。然而，每个星期，她都会跟何明翰吵一次架，然后他们又好像爱得更缠绵。那也许是三角关系最吸引人的地方吧。

那天，迪之提议去南丫岛游泳。

"很久没有见到邓初发了。"

"你通常是失恋才想起他的。"我揶揄她。

"他是我第一个男人，他有义务照顾我啊。"迪之理直气壮地说。

邓初发在码头接我们，他的样子和以前没有多大分别。他在南丫岛做些度假屋的生意。他除了没有出息之外，人倒是很好。我记得他从前对迪之说过，会参加奥林匹克运动会，有些男人，总是在女人面前才有梦想。

邓初发弄来三只风帆，在沙滩上教我们玩风帆。我跟徐起飞也玩过几次风帆，迪之技术最好，早已漂到海中心，光蕙从未玩过，频频掉到水里，邓初发忙着照顾她。

那天的风很大，我拉着帆，很快便乘风而去。我的风帆离岸愈来愈远，我看不见邓初发，也看不见迪之，我开始有些害怕，想转变航道回沙滩。天空突然乌云密布，海水汹涌，风愈来愈大，把我吹得东倒西歪。

我从来没那么害怕过，那一刻，死亡和我已经很接近了。我还没有听过林方文说"我爱你"，如果那样死去，我很不甘心。

邓初发和迪之驾着快艇来找我。邓初发把我抱住。

我不停地颤抖。

迪之脱下外套让我穿上："现在没事了，在海上漂流的时候，你想些什么？"

"男人。"我说。

"我知道。是哪一个男人？徐起飞还是林方文？"

我苦笑。

"是不是林方文？想他也应该，万一你刚才死在海上，能替你写一首动人挽歌的，只有林方文。"

"你已经想到挽歌了？我叫他预先替你写一首。"我气她。

"我的挽歌？我的挽歌一定是一首悲歌，一个女人，不断遇上坏男人。"

邓初发怜惜地望着她。

"邓初发是好男人。"我说。

"是的，除了他。"

邓初发苦笑。他像一个多情的船夫，生于这么简单的小岛上，终日与海为伍，他大抵不会理解人间有复杂的感情。

离开南丫岛之后两天，迪之做了一件令我很意外的事。

"我跟林方文吃过饭。"她告诉我。

"他好吗？"

"还是老样子，男人的改变从来不会比女人厉害。我告诉他，你已经跟徐起飞分手。他还是很爱你。"

"他不会这样说的。"

"是我看出来的。"

"林方文不是一个可以托付终身的男人。"我说。

"你什么时候变得这样窝囊？有什么是一生一世的？你要

是只想找一个可以托付终身的男人,便会选择徐起飞。"

迪之说得对,如果我想找一个可以托付终身的男人,便不会放弃徐起飞。问题是我想跟林方文一生一世,却怕他办不到。我不想再用痛苦换取短暂欢愉。

"我把你的地址电话给了林方文,他应该会找你的,那时你再拒绝他。"

林方文没有找我。我太了解他了,他不会求我的。他已破例求过我一次,那次我拒绝了,他绝不会再求我,而我也不会求他。

夏天过去了,到了秋天,我接到林方文的电话,他来迟了整整一季。

"你有空吗?"他的声音有点不对劲。

"有空。你在哪里?"

"我在附近,我来找你好吗?"

"好。"

我飞奔去洗了一个澡,用最短时间使自己看来容光焕发。

林方文到了。

我们没有说过什么客套话，反而好像一对很久没有见面的朋友。

"这个地方很好。"他说。

"只有三百多英尺。"

"有一个阳台。"他走到阳台上。

我没有告诉他，我为了那个阳台，才买下这套房子，我一直怀念他家里的阳台。

"你还是住在尖沙咀吗？"我问他。

"是的，我留恋那个阳台。"他说。

"当天你在阳台上把九百八十六只纸飞机撒向空中的情形是怎样的？"他问我。

"场面很壮观。"我笑说，"那么你回家的时候在街上捡到一只纸飞机的情形又是怎样的？"

"场面很悲壮，整个尖沙咀都是纸飞机。"他笑说。

我哈哈大笑："我不相信你。"

"我妈过世了。"他说。

我愕然："怎么回事？"

"是癌症。在一个小时前离开的，就在附近那家医院。"

他望着街上，一言不发。

我不知道怎样安慰他。

他的肩膀突然抽搐起来，激动地号哭。我从来没有见过他流泪，有点不知所措。

"别这样。"我安慰他。

他抱着我，在我肩膀上痛哭，我紧紧抱着他，用体温安抚他。

"我很爱她的。"他哭着说。

"我知道。"

"我没有想到她会死得那么突然，我以为我们还有时间。"

"我们常常都以为还有时间。"

他抱着我哭，泪淌到我的背上，软弱得像个可怜的孩子。

那天晚上，林方文在我家里过夜，他睡在客厅的沙发上，我睡在房间里的床上。第二天早上，他向我告别。

"丧礼的事要不要我帮忙？"

他摇头。

"在跟你分手之前，我和乐姬并没有上过床。"他说。

我没有任何表示。

我在阳台上看着他离去的背影。当天提出分手是我太冲动吗？但他后来跟乐姬上过床，那是事实。

数天之后，我打电话给他，我问他丧礼在哪里举行。谁知道他说丧礼已经举行过了，我不明白他为什么不让我参加，也许他仍然不打算求我吧。

秋天过去了。自从那一次之后，我没有再见过林方文。

一天，我接到宋小绵的电话：

"这个周末你有空吗？我的女儿满月了。"

"你生孩子啦？"我惊讶。

"到这个周末便满月了，知道你忙，进医院生时没有通知你。"

"我一定来。"

"徐起飞也会来的，你介不介意？"

"当然不介意，他怎么样了？"

"还是老样子。"

我和迪之、光蕙一同出席小绵女儿的弥月宴。小绵胖了很多，已经无法令人联想起当年排球队里窈窕的小姑娘了。没想到久违的叶青荷和刘欣平都回来了。青荷在意大利定居，她的职业很冷门,是名画修补专家。她去年嫁给了一位画家。只有青荷这种从来不用为生活忧愁的女人,才有资格爱才子。欣平在英国嫁给一名脑科专家,在那里落地生根,去年还生了一个女儿。

"时间过得真快,我们现在这副样子,不可能再打排球了。"欣平慨叹,"我真羡慕你们,还是自由自在。"

我和迪之、光蕙是有苦自己知。

"乐姬来了!"青荷说,"她愈来愈漂亮。"

"你那位开法拉利跑车的男朋友呢?"迪之揶揄她。

"你说哪一个?"乐姬得意扬扬地问迪之。

"把你赶下车的那一个。你有很多男朋友把你赶下车吗?"迪之笑着问她。

乐姬的脸色登时沉下来。她大概知道那天晚上是谁把名贵香槟从高空倒在她身上了。

徐起飞独个儿来了,我不知道跟他说什么好,两个人尴尬地笑了起来。

"最近还要常常到北京吗?"他问我。

"这一年都在香港。"

第五章 再抱你一次

开席了,我和徐起飞分开坐,他跟同桌的同事谈笑风生,也许他已复原过来。

散席后,青荷提议我们几个老同学找个地方喝茶叙旧,我上前跟徐起飞告别。

"你有时间去喝杯咖啡吗?"他问我。

青荷和欣平她们在等我,我有些犹豫。

"如果你没空,算了吧。"徐起飞很失望。

"不,我可以。"

我不想让徐起飞失望,告诉青荷我会晚一点到。

我和徐起飞去了一家咖啡厅。

"我还以为你恨我。"我跟他说。

"我说过不会恨你的,但人总需要一段时间去复原。"

他低头喝咖啡,是那么温柔,那么坚强。我突然明白我为什么不爱他,因为他不需要我,他不会因为爱情而堕落,但林方文会的。

离开餐厅,我们在中环走了一段路。经过一家画廊时,我赫然发现那幅大嘴巴费安娜画的画,主角是林方文。他只有一只眼睛,没有一张完整的脸,没有嘴巴、鼻子或耳朵,只有费安娜、我和林方文知道画中的少年是林方文。

画廊老板是一对年轻的外籍夫妇。

"你们是从哪儿得到这幅画的?"我问店主夫妇。

他们告诉我,是从一家结束营业的画廊买回来的。

"画画的人,你们认识吗?"

"费安娜?我们认识,她离开香港很久了。"

"你想买这幅画?"徐起飞问我。

"我买不起的。"

"这幅画似乎不太受欢迎,一直无人问津。"男主人说。

"我看不出这幅画有什么特别。"徐起飞说,"是一个人吗?"

"我们走吧。"我离开画廊。

我曾经为那幅画伤心,费安娜也曾珍之重之,她终于留下画走了,除了我以外,也许世上再也没有一个女人牵挂他。

徐起飞把我送到我和青荷她们约定的咖啡厅外面。

"谢谢你。"我跟他说。

他微笑。

"这个除夕你会怎样度过?"他问我。

"还不知道,你呢?"

"我会在医院值班,毕竟这一天是我们的分手纪念日。"

我目送他离去,突然感觉很陌生。

咖啡厅里,青荷、欣平、迪之、光蕙在等我。

"还以为你不来呢。"青荷说。

"怎么会呢?你们在谈什么?"

"爱情啦,婚姻啦,还有孩子。"欣平说。

我悲哀地笑了。不久之前,我们还在谈论第一次月经、发育、乳房的大小、胸罩和排球,现在竟然谈到婚姻和孩子,人生本来就很残酷。

一九九二年的平安夜,我买了一株圣诞树。我把圣诞树放在阳台上,把它布置得七彩缤纷。我和迪之、光蕙提早吃火鸡迎接圣诞。那个除夕,迪之要陪公司旗下的歌手到美国和加拿大登台,光蕙男朋友的太太外游,光蕙可以跟他度除夕。

"你可以找林方文。"迪之说。

我没打算找林方文,我害怕跟他重聚,此后我便要花双倍力量去爱他。他总是耗尽一个女人的能量。

十二月三十日晚上，林方文拨电话给我。

"这个除夕你有没有约会？"他问我。

我不知道该说实话还是谎话，犹豫了一阵。

"明天一起吃饭好不好？"

我沉重地呼吸。

"怎么样？"

"好吧。"

"九点整，我在兰桂坊的意大利餐厅等你。"

我放下电话，心仍然在跳，再回去一次便是再冒一次险。

除夕晚上，我穿了一袭新裙子，化好了妆，准备出去，但我突然又不想去了。我若再一次看到他的脸，一定逃不了。

我喝了一点酒，脱掉鞋子，躺在床上，想起过去的日子。我觉得自己真是没用，我竟然无法拒绝一个曾经背叛我的男人。

电台不停播放欢乐的歌曲。女 DJ 絮絮说着爱情，我感到一阵晕眩，朦胧间听到她说："这首歌，是林放填词的，他想送给一个女孩子，他曾经答应每年除夕送她一首歌，这首歌的歌名是《你会否相信》。"

那初遇，清澄如水，

但你的睫影，那样馥郁，

你是否谅解，我曾盛满灯油，

却因妒恨的磨蚀，一点点流失。

这重逢，浓烈似酒，

而你的泪光，那样清纯，

你会否相信，在那生生死死梦梦醒醒的夜里，我再不会放下你走了。

生生死死梦梦醒醒的夜里，是不是指除夕？

我看看腕表，原来已经十二点了，林方文会不会还在那里等我？我疯狂地思念他。我连忙穿上鞋子，赶去兰桂坊。

我打开门，他正站在门外。

"你为什么不来？"他问我。

"我不想见你。"我咬着牙说，"对着你，我会输的。"

"新年快乐。"他从口袋里拿出一只用白纸折成的飞机给我。

"是什么意思？"我倔强地问他。

"我不擅于向你求情。"他说。

"我做得最好也最失败的事情便是爱你。"我说。

"你做得很好。"

我退到阳台上,不知道是不是应该回到他身边。

"我们来玩一个游戏好不好?"我问他。

他望着我。

"我把飞机从这里抛出去,如果在我视线范围之内,它一直没有下坠,我们可以再尝试在一起。"

"不要——"

他说不要的时候,我已经把飞机抛向空中。那只纸飞机一直向前冲。

林方文抱着我,把我的脸转向屋里,不让我看着飞机。

"放手。"我说。

"我爱你。"他终于肯说。

我流着泪微笑。

"不要看那飞机。"他求我。

我知道他折的飞机能飞到很远很远才下坠。